Proposición apasionada

Susan Napier

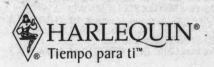
HARLEQUIN®
Tiempo para ti™

NOVELAS CON CORAZÓN

Editado por HARLEQUIN IBÉRICA, S.A.
Hermosilla, 21
28001 Madrid

I.S.B.N.: 84-396-9358-3
Depósito legal: B-2969-2002
Editor responsable: M. T. Villar
Diseño cubierta: María J. Velasco Juez
Fotomecánica: PREIMPRESIÓN 2000
C/. Matilde Hernández, 34. 28019 Madrid
Impresión y encuadernación: LITOGRAFÍA ROSÉS, S.A.
C/. Energía, 11. 08850 Gavá (Barcelona)
Fecha impresión Argentina: 10.7.02
Distribuidor exclusivo para España: LOGISTA
Distribuidor para México: PUBLICACIONES SAYROLS, S.A. DE C.V
Distribuidores para Argentina: interior, BERTRAN, S.A.C. Vélez
Sársfield, 1950. Cap. Fed./ Buenos Aires y Gran Buenos Aires,
VACCARO SÁNCHEZ y Cía, S.A.
Distribuidor para Chile: DISTRIBUIDORA ALFA, S.A.

Capítulo 1

PARA la adolescente nerviosa que esperaba aga-
zapada en el pasillo, la mujer que estaba sentada
ante la larga mesa del comedor parecía completamente absorta. Su esbelto cuerpo se inclinaba sobre
un bloc mientras el bolígrafo volaba sobre una página
cuadriculada. A su alrededor, se extendía un buen número de hojas sueltas y libros abiertos que hojeaba de
vez en cuando, y junto a su codo había una taza de té
olvidada a medio beber. La lámpara de pie que había
arrastrado desde un rincón arrojaba una cascada de luz
amarilla sobre su cabeza, dando al aseado moño de cabellos finos y pajizos que llevaba recogido en la nuca
un tono de oro bruñido. Incluso con aquella simple camisa blanca y los pantalones de corte militar conseguía
tener un aspecto envidiablemente femenino.

La señorita Adams siempre había parecido bastante
accesible. Nunca gritaba, ni mostraba favoritismos, ni
se metía con las chicas por cosas que no podían evitar,
como hacían otros profesores de Eastbrook. Pero ahora
sus delicados rasgos tenían un aire distante y concentrado, y los recelos de la muchacha estaban ganando la
partida a su valor.

Al fin y al cabo, la señorita Adams ya no trabajaba
en la Academia Femenina Eastbrook. Al terminar el
curso anterior se había ido a enseñar Historia en Hu-

nua, el instituto de la zona. El hecho de que estuviera echando una mano en este campamento especial de quinto curso durante las vacaciones entre el primer y el segundo semestre no quería decir que fuera a volver a Eastbrook. Solo estaba allí porque la vieja Carmichael había caído enferma y no podía sustituirla ninguna otra profesora. La señorita Marshall habría tenido que suspender el campamento si no se hubiera acordado de su amiga y antigua colega, que vivía bastante cerca, en Riverview. Por suerte la señorita Adams tenía unos días libres y había accedido a ir, pero el hecho de que ya no trabajara en el colegio no significaba que fuera a ponerse de parte de las chicas si se descubría lo de la escapada, y Jessica iba a tener muchos problemas con sus compañeras si daba el chivatazo, aunque fuera por preocupación.

Apretándose el pijama contra el estómago, la adolescente empezó a retroceder hacia la oscuridad del pasillo, pero ya era demasiado tarde.

Al volver Anya la cabeza para consultar uno de sus libros captó por el rabillo del ojo un ligero movimiento y súbitamente se le desbocó el corazón ante la posibilidad de que fuera un intruso.

No le daba miedo la oscuridad, pero era consciente de que el albergue del parque regional estaba en una zona relativamente aislada de la reserva natural, y que en aquel momento ella era la única protección que tenían las cuatro chicas. Cathy Marshall, la supervisora del campamento, había hecho una salida nocturna con las demás alumnas y el guarda del parque para grabar y catalogar los cantos de aves nocturnas de la zona.

Lanzó un suspiro de alivio al reconocer la alta y desgarbada figura de una de las chicas que habían quedado a su cargo.

–Hola, Jessica, ¿qué haces levantada?

Anya vio en su fino reloj de oro que eran más de las doce. Había decidido aprovechar la tranquilidad de la noche para adelantar un trabajo de investigación y el tiempo había pasado más rápidamente de lo que creía.

–Pues... es que... –Jessica tragó saliva mientras desplazaba su peso nerviosa de una pierna a otra.

–¿No puedes dormir? –preguntó Anya con voz suave–. ¿Otra vez te duele el estómago?

Jessica y su compañera habían sufrido una ligera indigestión después de atiborrarse de moras que habían recogido en un campo cercano. La muchacha parpadeó rápidamente.

–No... Solo he bajado para... para... –Jessica se mordió el labio mientras sus ojos volaban con desesperación por todo el comedor en busca de inspiración–. Para tomar un vaso de agua.

Se hizo el silencio. Anya decidió pasar por alto la evidente falta de creatividad de la alumna.

–Ya. Bueno, ¿y qué estás esperando? –hizo un gesto con la cabeza en dirección a la puerta de la cocina–. Sírvete tú misma.

Mientras volvía a enfrascarse en sus libros, Anya oyó el interruptor de la luz de la cocina y, tras una larga pausa, el chirrido de la puerta de un armario, un tintineo de cristal y el rumor de un chorro de agua al caer. Se hizo otro largo silencio al final del cual volvió a apagarse la luz. Jessica volvió a aparecer y una vez más se quedó remoloneando en el pasillo.

Anya enarcó las cejas sobre los vivos ojos grises que destacaban en su delicado rostro.

–¿Alguna cosa más? –murmuró todavía absorta en la página que tenía delante.

Su impaciencia hizo enrojecer ligeramente el rostro

pecoso de Jessica, que negó rápidamente con la cabeza, aunque siguió retorciendo con nerviosismo entre los dedos del dobladillo de la chaqueta del pijama. Anya reprimió un suspiro de cansancio y dejó el bolígrafo sobre la mesa.

–¿Estás segura? –insistió mientras se dibujaba en su boca una sonrisa de comprensión que hizo desaparecer su aire reservado–. Si no puedes dormir, quizá te apetezca quedarte un rato aquí abajo charlando.

–Pues... –una expresión de ansiedad afloró al rostro inquieto de Jessica.

–¿Hay algún problema con las otras chicas?

–¡No! Quiero decir... No, gracias. No pasa nada, de verdad. Ya me está entrando sueño –dijo atropelladamente antes de añadir un bostezo muy poco convincente–. Ah... Buenas noches, señorita Adams.

Se dio media vuelta y desapareció escaleras arriba. Anya tomó el bolígrafo e intentó volver a concentrarse en su trabajo, pero no se le iba de la cabeza la expresión de ansiedad de Jessica. De no haber sido por la sequedad de su respuesta inicial la muchacha se habría mostrado más abierta. Su habilidad para ganarse la confianza de sus alumnos era uno de sus puntos fuertes como profesora, y las espléndidas referencias de la directora de Eastbrook la habían ayudado a conseguir su nuevo y flamante puesto. Ya que había sacrificado unos días de sus preciadas vacaciones para ayudar en el campamento, lo menos que podía hacer por su antiguo colegio era cumplir con sus responsabilidades.

Anya también había estudiado como interna en Eastbrook, y conocía bien las intrigas, trampas y desafíos que tenían lugar a espaldas de las profesoras. Al recordar algunas de sus propias escapadas sintió una punzada de culpabilidad y sin pensarlo más se levantó de la silla y empezó a guardar sus libros y papeles en la mochila. De todas formas, ya era hora de ir recogiendo sus cosas, ya que al día siguiente terminaba el campamento. Durante toda la mañana habría actividades y después el autobús llevaría a las chicas de vuelta al colegio, tras lo cual Anya podría volver a la tranquilidad de su acogedora casa de campo. Después de años compartiendo pisos estaba disfrutando de la libertad de vivir sola, y esos últimos días de vida comunal le habían confirmado que había hecho bien al independizarse.

Sus amigos y su familia habían coincidido en que era una locura mudarse a South Auckland e hipotecarse para comprar una casa con su nuevo trabajo, pero a los veintiséis años Anya había pensado que ya era hora de tomar las riendas de su vida. Vivir en el campo había sido uno de sus sueños desde la infancia, y por fin podía permitirse convertirlo en una realidad permanente.

Subió la mochila al cubículo abarrotado que compartía con Cathy y acto seguido se dirigió con pasos silenciosos hacia la hilera de habitaciones dobles que compartían las chicas. Se detuvo un momento ante la primera puerta y leyó el rótulo que indicaba quiénes eran las ocupantes.

Cheryl y Emma.

Su intuición se activó al instante.

Cheryl Marko y Emma Johnson eran una pareja de niñas malcriadas que ya habían dejado bien claro que solo estaban allí porque el campamento era una actividad obligatoria para las alumnas internas. Aquella noche tenían que haber ido con las demás a buscar aves nocturnas, pero Cathy les había permitido quedarse en el refugio porque, casualmente, en el último momento las dos se habían quejado de dolores premenstruales.

Demasiada casualidad, había pensado Anya al darles unos analgésicos mientras se introducían cansadamente en los sacos de dormir al poco rato de salir las demás en su expedición.

Entreabrió la puerta y se asomó a la habitación oscura. La luna llena se introducía entre las rendijas de las cortinas proyectando pálidas franjas de luz sobre los estrechos camastros, sobre los que se adivinaban dos figuras inmóviles en sus sacos.

Anya estaba a punto de retirarse cuando de repente surgió la duda y sus ojos grises se entrecerraron. Para ser dos adolescentes que no dejaban ni un momento de pavonearse de su delgadez cadavérica, parecían tener unas formas demasiado voluptuosas. Se lanzó como un rayo hacia el más cercano de los sacos y al abrir la cremallera de un tirón vio consternada que en su interior no había más que toallas y prendas de marca apretujadas. Y la inspección del segundo saco dio el mismo resultado.

El estómago se le encogió de angustia. Por supuesto, era posible que solo fuese una inocente travesura de colegialas, pero por algún motivo sospechaba que la sofisticada e insufrible pareja no iba a conformarse con un simple festín nocturno o un paseo por los alrededores.

Tras una rápida inspección del resto de las habitaciones, que confirmó que la pareja no estaba allí, Anya abrió la última puerta del pasillo y encendió la luz.

–Chicas...

Jessica se incorporó de un salto, con las gafas aún sobre la nariz, mientras sobre el camastro de al lado una pelirroja regordeta parpadeaba repetidamente intentando acostumbrar los ojos a la luz.

–Parece que Cheryl y Emma han desaparecido

–dijo Anya secamente–. ¿No sabréis por casualidad adónde han ido?

Clavó la mirada en el rostro de la pelirroja, aún embotado por el sueño.

–¿Kristin? Tú eres amiga de las dos. ¿No te han dicho nada sobre lo que habían planeado?

–Señorita Adams, antes estaba tan mala que no me enteré de lo que me decía nadie –respondió Kristin quejumbrosa. Pero Anya no estaba de humor para soportar lamentaciones.

–Es una pena –suspiró–. Esperaba resolver esto yo misma, pero veo que no hay elección. Será mejor que os vistáis. La policía querrá hablar con vosotras.

–¿La policía? –balbució Jessica.

–Pero... ¿no sería mejor esperar un poco antes de hacer nada? –dijo Kristin con voz temblorosa–. Es lo que haría la señorita Marshall si estuviera aquí. Además, seguro que vuelven enseguida...

–No puedo correr el riesgo. El mar y el río están demasiado cerca –repuso Anya con firmeza–. Si aún fuera profesora vuestra, sería diferente, pero en este campamento no tengo ninguna autoridad. No puedo hacer nada. La decisión no es mía. Por suerte tenemos los teléfonos de sus padres...

Aquel fue el golpe de gracia.

–¿Sus padres? –el rostro de Kristin se volvió aún más rojo que sus cabellos–. No puede llamar al padre de Cheryl. Se pondría furioso. Solo han ido a una fiesta.

–¿A una fiesta? –el corazón de Anya dio otro vuelco–. ¿Qué fiesta? ¿Dónde?

La información que recibió a continuación no era muy tranquilizadora. Unos chicos que habían estado tirándose un balón de rugby mientras las chicas jugaban un partido de voley-playa aquella tarde las habían invitado después a una fiesta en casa de uno de ellos. Cheryl y Emma, las únicas lo bastante lanzadas como para aceptar, habían quedado con ellos en la entrada del parque a las diez, donde iba a ir a recogerlas uno de los chicos con su coche. Y les habían prometido que las llevarían de vuelta al campamento en el momento en que quisieran.

Anya intentó ocultar su horror.

–¿Así que han accedido a subir a un coche con unos desconocidos? –escarbó frenéticamente en su memoria intentando recordar a quién había visto en la playa. Había visto varios rostros familiares de su nuevo instituto, y recordaba haberle comentado a Cathy que no eran malos chicos.

–¡No, claro que no! –hasta Kristin conocía la diferencia entre la temeridad y la simple estupidez–. No pasa nada. Emma conocía a dos de ellos que tocaron con un grupo en la fiesta del colegio.

Anya volvió los ojos al cielo. «Perfecto», pensó. «Hormonas desbocadas y delirios de estrellas del rock».

–Emma dijo que era un chico genial, el chico que daba la fiesta. Y que iba a ser estupendo, porque tenía la casa para él solo todo el fin de semana –añadió Jessica.

Al presionarla un poco más, Kristin fue dando más detalles sobre el lugar donde se celebraba la fiesta.

–Los chicos dijeron que estaba a unos diez minutos en coche. Una casa grande, de dos pisos, al final de Riverview.

–Una casa blanca, en una colina. Dijeron que había un puente con un portón a la entrada y que estaba rodeada de pinos Norfolk –añadió Jessica, mostrando su espléndida memoria.

Anya notó cómo se le secaba la boca y se le erizaba el vello de la nuca.

–¿Los Pinos? –preguntó, y su propia voz resonó temblorosa en sus oídos–. ¿La casa se llama Los Pinos?

–Sí, esa es –respondió Kristin, de nuevo enfurruñada.

–¿Y estáis seguras de que no había ningún adulto?

Kristin asintió. Diez minutos después, subía a regañadientes con Jessica en el asiento trasero del diminuto coche de Anya.

–No sé por qué tenemos que ir –refunfuñó–. Nosotras no hemos hecho nada.

–Porque nadie atiende el teléfono en Los Pinos, y no pienso dejaros aquí solas a las dos mientras voy a recoger a Cheryl y Emma –le espetó Anya mientras buscaba nerviosamente en la guantera las gafas que utilizaba para conducir y metía la marcha atrás para salir del aparcamiento. Le había dejado una nota a Cathy, aunque esperaba estar de vuelta antes de que regresara el grupo de su excursión nocturna.

Sus manos apretaban el volante con fuerza mientras salía del camino pedregoso a la estrecha carretera que unía la costa con los barrios residenciales de South Auckland repitiéndose una y otra vez que tenía que tranquilizarse. Probablemente estaba exagerando. Ella también se había escapado alguna vez durante sus tiempos de interna; en los últimos cursos aquello era casi obligatorio si no querías que te hicieran la vida imposible en la residencia.

–¿Y si ya se han ido cuando lleguemos? –preguntó Jessica de repente–. ¿Y si vuelven por otro camino y no nos vemos?

–Esta es la única carretera que va de Riverview al

parque regional –respondió Anya–, y a esta hora de la noche hay muy poco tráfico. Probablemente las veremos si nos cruzamos con ellas. Además, Cheryl y Emma le dijeron a Kristin que volverían hacia las dos. No creo que hayan salido todavía.

–A menos que la fiesta sea aburrida y se hayan ido a otra parte –intervino la irritante pelirroja.

Anya apretó los dientes. Como si no tuviera suficientes problemas.

–No adelantemos acontecimientos, ¿de acuerdo?

El viaje continuó en medio de un tenso silencio. Por suerte, era una noche clara y despejada, y lo único que distraía a Anya era el vuelo suicida de los insectos nocturnos atraídos por los faros del coche. Los campos que se extendían a ambos lados de la carretera estaban bañados de la uniforme luz azulada de la luna, y de tanto en tanto un punto de luz anaranjada indicaba la presencia de una granja o una casa de campo.

Lo de los diez minutos había sido una pequeña exageración por parte de los chicos, ya que tardaron más de quince minutos, sin saltarse los límites de velocidad, en llegar al racimo de tiendas, casas y negocios agrícolas que formaban la pequeña población de Riverview.

Anya redujo la velocidad y ni siquiera desvió la vista al pasar por delante de su pequeña casa de campo, rodeada de un gran jardín bastante descuidado que se había convertido en su principal pasatiempo en los últimos meses. Antes de ir al internado había pasado su infancia en una sucesión de habitaciones de hotel y apartamentos donde lo más parecido a un jardín era una palma en una maceta.

Pasaron por delante de la única gasolinera del pueblo, al final de la línea de tiendas. El anuncio de neón estaba apagado y los surtidores cerrados. Los edificios dieron paso a las cercas de alambre y las praderas, y Anya volvió a pisar el acelerador, ansiosa por que todo terminase cuanto antes. Esperaba que Cheryl y Emma tuviesen el sentido común de cooperar cuando les dijese que había que irse. Quería que la operación rescate fuera discreta, y a ser posible sin escenas dramáticas que pudieran crear problemas incontrolables.

No le apetecía nada tener que tratar con dos adolescentes recalcitrantes y probablemente bebidas, y mucho menos con toda una pandilla de fiesta. Estaba en forma y se consideraba razonablemente fuerte para su constitución, pero con un metro sesenta de estatura, a menudo se sentía como una enana junto a los mayores de sus alumnos. Por ello siempre había utilizado la inteligencia, la comprensión y el humor para ganarse su respeto.

La tensión aumentó un grado más cuando, tras una rasante de la carretera, apareció súbitamente una hilera de árboles por la izquierda. Sus enormes formas triangulares se recortaban contra el cielo nocturno. Aunque conocía el lugar perfectamente, Anya notó que se le aceleraba el pulso.

–¿Es aquí? –preguntó Jessica admirada mientras Anya frenaba bruscamente y tomaba un camino lateral. En el interior del pequeño coche sonó como un trueno la intensa vibración que producían los neumáticos al cruzar el puente de madera que daba entrada a la extensa finca.

Al final de un largo camino ascendente bordeado de árboles se divisaba la gran casona blanca de madera. En su interior, se podían distinguir a través de las cortinas luces multicolores que brillaban con suavidad en la noche. Incluso con las ventanillas del coche cerradas se oía claramente el martilleo sordo y pesado de la música tecno que retumbaba en la casa.

—No me extraña que no hayan oído el teléfono —murmuró Anya mientras buscaba un sitio entre los coches aparcados caprichosamente en la rotonda pavimentada que había frente a la casa.

Tras un momento de duda, retiró las llaves del contacto y salió del coche. Hizo una breve pausa antes de cerrar la puerta.

—Vosotras dos no os mováis de aquí. Cerrad las puertas y no abráis a nadie más que a mí. O a Cheryl y Emma. Volveré tan pronto como pueda. No os impacientéis si tenéis que esperar un poco. ¡Y no salgáis del coche!

Con la esperanza de haberles dejado las cosas bastante claras, cerró la puerta de un golpe. Guardó las llaves del coche en el bolsillo lateral de su pantalón militar y las gafas en el de la camisa mientras se dirigía con pasos rápidos y enérgicos hacia el pórtico que enmarcaba la puerta principal de la casa.

Pulsó el timbre, pero no obtuvo respuesta. Llamó a la puerta con los nudillos pero el resultado fue el mismo. Entonces, probó a girar el gran pomo de latón de la puerta y vio que no estaba cerrada. Al entreabrir la pesada puerta, el martilleo sordo que se oía desde el exterior se convirtió repentinamente en un ruido ensordecedor que hizo contraerse el rostro de Anya. No había duda de que aquello era una fiesta de mil demonios.

Había chicos y chicas por todas partes, bailando al ritmo de la música, apoyados en las paredes, recostados sobre los muebles y tendidos en el suelo; parejas entrelazadas en abrazos inverosímiles, grupos que conversaban gritándose con todas sus fuerzas al oído en una competición desigual con la atronadora música. Todas las superficies visibles estaban cubiertas de botellas, vasos, latas y restos de bolsas de aperitivos. El aire estaba saturado de humo de tabaco y de una aromática combinación de perfume, cerveza caliente y sudor.

Anya fue abriéndose paso de habitación en habitación en busca de la melena dorada de Cheryl y el top negro con brillos tornasolados que según Kristin se había puesto Emma. La tarea no era fácil, ya que la iluminación de bombillas rojas y púrpuras daba un brillo fantasmal a toda la escena fundiendo los rostros de los adolescentes en una masa amorfa.

Por fin reconoció una figura familiar hecha un ovillo en la esquina de un sofá. Un chico larguirucho de aspecto desagradable hablaba sin cesar mientras la miraba con lascivia. Anya sintió cierta satisfacción malsana al ver que Emma no estaba pasándolo demasiado bien.

Cuando levantó la vista y vio acercarse a Anya, su rostro fue reflejando sucesivamente sorpresa, incredulidad y pánico, aunque casi al momento mostró una inconfundible expresión de alivio.

–¡Vamos! –gritó Anya agarrándola por la muñeca y tirando de ella con firmeza.

Emma no opuso la menor resistencia, y el chico larguirucho quedó en el sofá protestando con voz arrastrada mientras se alejaban entre la masa de jóvenes.

–¿Dónde está Cheryl? –preguntó Anya cuando llegaron a la puerta de la calle, donde el volumen de la música era ligeramente más soportable.

Emma se mordió el labio superior al tiempo que miraba nerviosamente por encima del hombro de Anya.

–Subió arriba... Hará como diez minutos. Dijo que no íbamos a separarnos, pero... luego se fue arriba con uno de los chicos que nos invitó a la fiesta. Sean, creo que se llamaba...

Anya sintió cómo un escalofrío le recorría la columna y se le formaba un nudo en el estómago.

–Jessica y Kristin están ahí fuera en mi coche. Ve con ellas y esperadme allí. ¡Vamos!

Esperó a ver a la chica entrar en el coche antes de darse media vuelta e iniciar el difícil ascenso de la escalera, abarrotada de jóvenes sentados en los escalones. Al llegar arriba empezó a avanzar por el pasillo central llamando a todas las puertas. Algunas estaban cerradas, y en una que no lo estaba había una pareja a la que Anya hizo salir con voz autoritaria y que se alejó entre risitas. Cuando llamó a la siguiente puerta, la abrió una jovencita de pelo negro corto con las puntas teñidas y un prominente anillo en la nariz. Llevaba unos grandes cascos alrededor del cuello y el largo cable colgaba hasta el suelo y desaparecía detrás de sus pies descalzos.

–¡¿Qué?! –ladró con las manos en las caderas huesudas, embutidas en unos vaqueros rotos, y una mueca de ferocidad en los labios pintados de negro.

La determinación de Anya flaqueó durante una fracción de segundo ante tan asombrosa muestra de hostilidad.

–Ah... Estoy buscando a Sean –dijo finalmente, a lo que la adolescente entrecerró ligeramente sus fríos ojos azul cobalto.

–Eres un poco vieja para él, ¿no? –fue la insultante respuesta, seguida de un gesto cansado con la cabeza–. Su cuarto es el del final, pero el muy idiota estará demasiado pasado como para servirte de nada.

La puerta se cerró en sus narices tan bruscamente como se había abierto, y Anya se alejó por el pasillo sacudiendo la cabeza mientras intentaba asimilar el extraño encuentro.

Irrumpió en la habitación, que no estaba cerrada con llave, y se detuvo en seco al ver la cama deshecha en la que estaba sentada Cheryl, con la ropa arrugada pero afortunadamente en su sitio. A su lado estaba medio recostado un joven musculoso sin camisa pero con los vaqueros abrochados que intentaba inútilmente sacarle unas gotas más a una pequeña botella de vodka con limón.

Sean Monroe era una de las estrellas del equipo de rugby del instituto de Hunua, y por su aspecto físico no era de extrañar. Aunque solo tenía diecisiete años, sus anchos hombros y abultados músculos parecían más los de un hombre que los de un niño, pero el gesto de hosco desafío que apareció en su atractivo rostro cuando vio a Anya le confirmó que todavía tenía que madurar mucho.

Solo se conocían de vista, dado que él no estaba matriculado en Historia, pero Anya podía haber prescindido perfectamente de esta especie de presentación. El joven nunca la perdonaría por haberle estropeado la diversión.

—Cheryl, ¿estás bien? —por segunda vez en la misma noche Anya observó un inesperado destello de alivio en la mirada avergonzada de la fugitiva. La adolescente asintió vigorosamente al tiempo que se levantaba de la cama apartándose el pelo revuelto de la cara.

—Quería que me tomara la copa con él, pero no me gustaba el sabor —dijo con voz un tanto temblorosa. Miró nerviosamente al chico, que se dejó caer sobre la cama con un gruñido—. Creo que Sean no se encuentra muy bien, señorita Adams.

—Vaya, ¿por qué será? —dijo Anya con voz llena de sarcasmo y ninguna simpatía.

Sus ojos se posaron sobre una lata de cerveza que

hacía la veces de cenicero, y observó más de cerca lo que en un principio le había parecido un cigarrillo.

–Supongo que también quería que compartieras eso con él –añadió con voz tensa por la rabia mientras señalaba el cigarrillo de marihuana encendido.

–Solo le he dado un par de caladas –se defendió Cheryl–. Pero me he mareado y se me ha revuelto el estómago.

Aunque le hubiera gustado decirle lo que pensaba a la temblorosa adolescente, Anya hizo un esfuerzo por tragarse las palabras. Lo importante era volver con las chicas al campamento lo antes posible y sin llamar la atención.

Ordenó a Cheryl que bajara al coche y esperó en silencio a que esta recogiera sus zapatos y su bolso y saliera de la habitación sin poder creer aún que fuera a librarse de aquello sin que le dieran un sermón. «Espera y verás, mocosa», pensó Anya sombríamente. Cathy se iba a poner furiosa cuando se enterase de lo que había pasado, y el sermón iba a ser la menor de las preocupaciones de Cheryl.

Se volvió hacia el joven que yacía tendido en la cama, y se dispuso a decirle un par de cosas sobre lo inaceptable de su comportamiento.

–¿No te das cuenta de lo que estabas haciendo? Esa cría es menor de edad –empezó a decir con indignación.

Pero Sean soltó un juramento, se puso en pie de un salto y se lanzó hacia la puerta contigua dándole un empujón que casi la tiró al suelo. Anya, indignada por su rudeza, se lanzó tras él para darse cuenta, demasiado tarde, de que lo había seguido al cuarto de baño.

Cuando Sean cayó de rodillas y vomitó ruidosamente en la taza del váter, Anya sintió una punzada de compasión. Llenó un vaso de agua en el lavabo y se lo ofreció. El joven se puso en pie y tomó unos sorbos de agua, pero al momento volvió a sentir una arcada y Anya no fue lo bastante rápida para quitarse de en medio y evitar que el vómito le salpicara la camisa y una pernera del pantalón.

Sin dejar de maldecir entre dientes agarró una toalla e intentó limpiar las manchas mientras Sean se secaba la boca y volvía con pasos tambaleantes al dormitorio. Con los dientes apretados utilizó una segunda toalla para limpiar un poco el desastre del suelo, furiosa consigo misma por aquel repentino ataque compulsivo de limpieza.

Anya sintió cómo se le revolvía el estómago al sentir el olor de su ropa. No podía meterse en un coche tan pequeño oliendo de aquella manera. Probablemente acabarían vomitando sus cuatro pasajeras y ella.

Se asomó a la puerta y vio que Sean había vuelto a tumbarse en la cama. Cerró la puerta del baño con el pestillo y rápidamente se quitó la camisa y el pantalón, lavando a continuación las manchas en el lavabo con agua fría y jabón líquido perfumado. Tendría que volver a ponérselo todo mojado, pero al fin y al cabo era un mal menor.

Estaba escurriendo la camisa sobre el lavabo cuando oyó fuera un golpe y un gemido sordo. Pensando que Sean podía haber vomitado otra vez en la cama y que quizá se estuviera ahogando, agarró la primera prenda seca que vio, una camisa de hombre que había sobre el cesto de la ropa sucia, se la echó encima y salió al dormitorio como una exhalación.

Una oleada de indignación sacudió su cuerpo al ver a Sean dando manotazos a las sábanas revueltas en busca del cigarrillo encendido que debía habérsele caído de las manos.

–¡Ajajá! –exclamó en tono triunfal de rodillas sobre la cama mientras sostenía en alto su trofeo. Anya se lanzó sobre él con la camisa entreabierta y le arrebató la colilla de entre las manos.

–¡Dame, yo me encargo de esto! –dijo Anya tajantemente con la intención de tirarlo al váter de inmediato.

–¡Eh, trae eso, zorra! –gritó el adolescente mientras intentaba recuperarlo. Anya apartó el brazo, él la agarró, ella se retorció, y durante unos segundos quedaron tambaleándose al borde de la cama entrelazados en un extraño abrazo que interrumpió abruptamente una voz masculina vibrante de furia.

–¡Maldita sea, Sean, dijimos que nada de fiestas mientras yo estaba en...! ¿Qué demonios está pasando aquí?

Anya giró en redondo para enfrentarse al hombre que había aparecido en el umbral de la puerta sin poder dar crédito a sus oídos. Los ojos azul cobalto del hombre se abrieron como platos.

–¡Usted!

Aquella palabra quedó flotando en el aire y Anya se sintió paralizada mientras toda su vida pasaba ante sus ojos.

Cerró como pudo la camisa entreabierta sin poder dejar de mirar al tío de Sean Monroe, el que supuestamente iba a pasar fuera todo el fin de semana.

Era Scott Tyler, su demonio personal. El hombre que se había opuesto con todas sus fuerzas a que Anya fuera admitida en el instituto de Hunua, el asesor legal del instituto, que no la había considerado competente para realizar el trabajo que más amaba. El hombre que había admitido claramente que solo estaba esperando a que cometiera un error para demostrar que él tenía razón.

Capítulo 2

DESDE lugar muy recóndito de su cerebro Anya se percató de que la música había cesado y se oían voces, puertas de coche que se abrían y cerraban y motores que arrancaban.

La fiesta había terminado, y la razón estaba delante de ella, de muy mal humor.

Anya había oído comentar en el instituto que Scott Tyler había tenido que hacerse cargo inesperadamente de los hijos de su hermana mientras ella y su marido estaban de viaje, y se imaginaba que para un acomodado adicto al trabajo de treinta y dos años, tener que hacerse cargo de dos adolescentes suponía un cambio de vida importante.

Samantha, que tenía quince años, estaba en la clase de quinto de Anya. Era buena estudiante, pero también una niña guapa tremendamente popular entre los chicos. En cuanto a Sean... En fin, si le habían ordenado expresamente no hacer algo, estaba claro que tenía que desobedecer, aunque solo fuera por principios.

Anya se aclaró la paralizada garganta. No tenía la menor intención de hacer de chivo expiatorio para salvar a una pandilla de críos irresponsables, ni para proteger a Sean, que seguía sentado en la cama mirando a su tío con la boca abierta.

—Puedo explicar...-–dijo haciendo un vago gesto hacia el adolescente.

Los penetrantes ojos azules siguieron su mano, y entonces se dio cuenta de que aún tenía entre los dedos el cigarrillo de marihuana humeante, que volvió a esconder bruscamente tras la espalda.

—No se preocupe, creo que está claro –repuso él–. Por desgracia para usted he terminado antes de tiempo mi trabajo y he podido tomar el último vuelo que salía de Wellington. Si hubiera vuelto mañana, como tenía planeado, se habría salido con la suya.

La sequedad de su tono apenas ocultaba la furia de Scott Tyler, y Anya hizo un esfuerzo sobrehumano para no dejarse dominar por el pánico.

Desde su punto de vista, aquel hombre parecía imposiblemente alto, de huesos grandes y músculos poderosos. El traje gris de solapa doble acentuaba su poderosa constitución, y la corbata colgaba floja del cuello desabrochado de una camisa de lino almidonada. De repente, su imponente presencia convertía la habitación en un espacio claustrofóbicamente pequeño. Tenía el pelo castaño oscuro, espeso y rebelde, y caía en cortos mechones sobre su ancha frente. Dominaban su rostro unos pómulos anchos y altos, sobre los que brillaban unos ojos grandes y profundos, y una nariz romana que se había roto durante algún episodio de su vida. Anya pensó que no era extraño. Ella misma había sentido impulsos de rompérsela más de una vez... de haber podido llegar hasta ella.

Aquel hombre la había intimidado desde su primera entrevista de trabajo con el Consejo del instituto de Hunua, seis meses atrás. Y se daba cuenta de que desde el primer momento él había intentado minar su seguridad. Se había mantenido durante la primera parte de la entrevista cómodamente sentado al final de la mesa, con los brazos cruzados, mirándola fijamente con una inquietante intensidad, y cuando ella creía que había creado una buena impresión en los entrevistadores empezó a interrumpir de cuando en cuando con preguntas y comentarios sobre su falta de cualificación y de experiencia en la educación mixta.

Sus comentarios descalificadores la sorprendieron con la guardia baja y Anya había empezado a ponerse a la defensiva. Entonces, él había sonreído con una cruel curva de satisfacción en los labios. Por suerte, en aquel momento entró en acción su tozudez innata y Anya empezó a mostrar su agilidad ante el ataque, respondiendo al fuego enemigo con calma y fría seguridad y un seco sentido del humor que la había ayudado a recuperar el terreno perdido. Tiempo después, supo que Scott Tyler era uno de los abogados más famosos de South Auckland y que tenía fama de ganar los casos más difíciles con sus implacables interrogatorios.

Por la breve investigación que Anya había realizado tras solicitar el puesto, sabía que aunque él no tenía voto en el consejo, su puesto de asesor legal y su amistad personal con el director le otorgaban una enorme influencia.

Por suerte el director, Mark Ransom, había apoyado firmemente a Anya como la mejor de los tres candidatos seleccionados, y la mayoría del consejo debió de estar de acuerdo, ya que pocos días después había recibido la carta de admisión que había precipitado su mudanza a Riverview.

Pero admitir la derrota con elegancia no era uno de los dones de Scott Tyler, y en todos y cada uno de sus sucesivos encuentros siempre habían acabado en lados opuestos de una discusión. Razón de más para que

aquel ridículo incidente no se convirtiera en algo des-
proporcionado.

–Sé lo que parece esto, señor Tyler, pero está sacando conclusiones precipitadas –protestó mientras él dirigía de nuevo su mirada al boquiabierto adolescente,
como si intentara evaluar el alcance de su intoxicación.

–He pasado veinticuatro horas muy desagradables
con unos clientes francamente insolentes y ahora mismo no estoy de humor para más tonterías. Le sugiero
que vuelva a ponerse su ropa y se vaya de aquí –dijo
secamente por encima del hombro con el mismo tono
amenazador que había hecho desaparecer a los invita-
dos en un tiempo récord–. Quiero hablar con mi sobrino. A solas. Ya hablaré de esto con usted.

A Anya le habría encantado salir corriendo, pero no
podía irse y dejar una amenaza así pendiendo sobre su
cabeza.

–Mire, comprendo que está muy enfadado porque
Sean haya dado una fiesta sin su permiso...

Él se volvió gruñendo como un oso herido.

–¡Qué observación tan perspicaz!

–...pero yo misma me he enterado de esto hace
poco más de una hora –terminó la frase con firmeza
sin ceder en su posición. Enterró los dedos de los pies
en la alfombra, decidida a no ceder ni un milímetro de
terreno.

–Y le ha faltado tiempo para venir, desnudarse y
unirse a la diversión –le espetó él con brutal sarcasmo–. No tenía idea de que las profesoras de historia
fuesen tan liberales…

Su absoluta falta de sensibilidad incendió la piel de
Anya. Sus ojos grises se oscurecieron de indignación,
lo que solo pareció alimentar aún más la furia desatada
de aquel hombre.

–¿Es este uno de los métodos de «inspirar la mente de los jóvenes» que pretendía traer al instituto? –a tan corta distancia la pequeña cicatriz que tenía junto a la comisura del labio izquierdo daba a la mueca que torcía su boca un aspecto terrorífico–. ¿Cuánto tiempo hace que ofrece clases privadas de educación sexual a sus alumnos?

–¡No sea ridículo! –estalló ella, intentando por todos los medios no responder a la flagrante provocación.

No tenía sentido que los dos perdieran los estribos, y Anya ya había observado que era una de las tácticas que empleaba para debilitar a sus adversarios. Mantener el control era la clave para sobrevivir a un enfrentamiento verbal con Scott Tyler.

–Ha sido una cadena de lamentables circunstancias –afirmó con serenidad, alzando ligeramente la cabeza en un gesto inconscientemente altivo que había heredado de su extravagante madre.

–Qué original –comentó él burlón–. Las «lamentables circunstancias» siempre se producen cuando se sorprende al delincuente en la escena del crimen. Soy abogado criminalista, ¿recuerda? Conozco todas las excusas del manual.

–¿Y quién mejor que un abogado para saber que las apariencias engañan? –contraatacó ella.

–En su caso es cierto. Engañan y mucho. ¿Quién habría dicho que la tímida y refinada señorita Adams tenía esa debilidad por la ropa interior transparente y por seducir a sus alumnos?

–¡Yo no intentaba seducir a nadie! –le espetó Anya, incapaz de negar lo de su ropa interior.

En general, su forma de vestir era sobria y sencilla, como correspondía a una educadora de adolescentes impresionables, pero dado que su esbelta figura no requería apenas soporte, no tenía por qué ser práctica a la hora de escoger su ropa interior, y en efecto para ella la lencería fina con transparencias y encajes frívolos era una pasión secreta. Y en aquel momento la enorme camisa blanca de fina seda con la que intentaba cubrirse dejaba entrever un sujetador esmeralda y unas braguitas a juego muy sugerentes.

–Ya... ¿Entonces simplemente le gusta corretear medio desnuda en las fiestas? Es evidente que la excita sexualmente ser el centro de la atención masculina –dijo él burlón, y su mirada penetrante la hizo dolorosamente consciente de que sus pezones se habían endurecido y destacaban bajo el suave tejido–. Para mí eso tiene un nombre: seducción.

–¡Pues está usted muy equivocado! –¿cómo se atrevía a insinuar que a ella le parecía atractivo?– Por si no lo ha notado, la ventana está abierta y hay corriente de aire.

Los ojos azules de Scott Tyler brillaron con malicia, y ella siguió hablando para volver al tema que le interesaba.

–Por el amor de Dios, no pensará que me quité la ropa porque quería...

El rostro del hombre se endureció y su cuerpo se contrajo peligrosamente.

–¿Está diciendo que Sean ha intentado violarla?

–¡No, claro que no! –exclamó ella, francamente inquieta ante el rumbo que seguían los pensamientos de aquel hombre. Uno de los lados de la camisa se escurrió de su hombro y Anya alzó la otra mano bruscamente para sujetarla.

–¡Cuidado con lo que hace! –dijo él bruscamente mientras una de sus manos agarraba la muñeca de

Anya bruscamente–. Deme eso o acabará haciéndole un agujero a una de mis mejores camisas.

Le quitó de la mano los restos del cigarrillo medio destrozado y la soltó mientras aplastaba los restos de la brasa entre sus dedos.

–¿La camisa es suya? –dijo frotándose la muñeca con la otra mano mientras se erizaba hasta el último centímetro de piel que tocaba la suave seda–. Pero... estaba en el baño, pensé que era de Sean...

Scott Tyler se volvió hacia su sobrino con voz amenazadora.

–¿Qué ocurre, no tenías suficiente con hacerte el señor de la casa delante de tus amigos en cuanto me doy media vuelta? ¿También tenías que ponerte mi ropa?

Pulverizó entre sus grandes dedos los restos del cigarrillo de marihuana y los tiró por la ventana abierta.

–No habrá más de esto por ahí –preguntó a Anya inquisitivamente.

–¡No tengo ni idea! –dijo ella sin poder dejar de pensar que llevaba puesta la camisa de aquel hombre. Le hacía sentirse a su merced, completamente vulnerable a él, aunque no hubiera podido explicar por qué–. Eso no era mío. No he fumado marihuana en toda mi vida.

La cicatriz de su labio pareció alzarse en una mueca de incredulidad burlona.

–¿Está diciendo que nunca le ofrecieron hierba cuando era alumna de ese rancio y selecto colegio suyo? Los lugares como Eastbrook son todo un campo de experimentación para niñas ricas que quieren hacer cosas prohibidas para castigar a mamá y papá por hacerles poco caso, para mocosas aburridas...

–Esa accesibilidad existe en todos los colegios, sea

cual sea su clase social –le cortó Anya con aplomo–. Y no he dicho que no me la ofrecieran, sino que no la he probado.

–Bien pensado, supongo que la marihuana es una droga demasiado barata para la clase privilegiada –continuó él–. Quizá las hijas de la clase dominante prefieren drogas de diseño a juego con su ropa de diseño.

Aquello estaba llegando demasiado lejos. Aquel hombre necesitaba que le dijeran un par de cosas.

–Está usted un poco resentido, ¿no cree? –estalló–. A ver si lo adivino. Sus padres no podían enviarle a un colegio privado, y por eso odia a cualquiera que tuviera las ventajas educativas y sociales que usted no tuvo. ¿Pues sabe una cosa? La mayoría de los niños no puede elegir dónde estudia. Al menos yo no pude. Y al contrario de lo que usted piensa, señor Tyler, no todos los que estudian en colegios privados son esnobs elitistas que miran a todo el mundo por encima del hombro, sino personas normales y trabajadoras que respetan a sus conciudadanos.

Sin darse cuenta había empezado a puntuar su sermón subiendo y bajando rítmicamente un dedo autoritario. Él reaccionó como un colegial descarado.

–Cuidado, señorita Adams, se le ve un tirante –dijo, burlón, dirigiendo una mirada provocativa hacia el hombro sobre el que se vislumbraba una fina tira esmeralda.

Anya volvió a cerrarse la camisa con un gesto impaciente. No iba a dejarse distraer tan fácilmente.

–Estoy tan preparada para mi trabajo como la que más. Usted no quería que me contratase el instituto porque piensa que soy una niña rica. Hizo cuanto pudo por dejarme en mal lugar en la entrevista, y no soporta que a pesar de todo me dieran el trabajo.

La orgullosa expresión de triunfo que se dibujó en su delicioso rostro era como un trapo rojo para un toro.

—No quería que le dieran el puesto porque pensaba que no está preparada ni física ni mentalmente para enfrentarse a las presiones y problemas de enseñar en un gran centro mixto muchos de cuyos alumnos pertenecen a clases poco acomodadas —dijo él con las manos apoyadas en las caderas—. Y sigo pensándolo.

—Hay otras muchas profesoras en el instituto...

—...con experiencia sobrada en diferentes centros mixtos mientras que usted ha vivido aislada en su bonita academia de señoritas desde que consiguió su certificado de aptitud.

Anya enarcó sus finas cejas y adoptó el mismo tono burlón que él momentos antes.

—Cuidado, señor Tyler, se le ve el complejo de inferioridad.

Él enseñó los dientes en algo que no era una sonrisa.

—Vaya, así que la mariposa muerde. Insultándome no va a cambiar los hechos.

De modo que la veía como a una mariposa. Ella se consideraba más bien un pequeño pero valiente terrier. Sin embargo apretó los labios. Aquel no era el mejor momento para un enfrentamiento.

—Mire, esta discusión no tiene sentido —dijo, intentando adoptar su tono más razonable—. Estoy ayudando a supervisar un campamento de vacaciones en la reserva regional, y un par de chicas vino a la fiesta sin permiso, de modo que vine a buscarlas. Las encontré, pero entonces Sean me vomitó encima. Estaba limpiándome en el baño cuando oí un ruido y salí corriendo para ver...

—¿Es eso lo que ha pasado, Sean? —disparó Scott

Tyler inclinando la cabeza hacia el adolescente sin dejar de mirar con escepticismo a Anya.

El chico se encogió de hombros, pero no estaba tan intoxicado como para no darse cuenta de que el tono cínico de la voz de su tío no iba dirigido a él.

–¿Y yo qué sé por qué ha venido? –balbució con lengua de trapo–. Era una fiesta, tío. Había tías entrando y saliendo toda la noche. Yo solo sé que me siguió a mi habitación y que no me dejaba en paz. Y la verdad es que está buena. ¿Nunca te lo has hecho con una profe de Historia, tío Scott?

La inaceptable vulgaridad machista del comentario hizo que Anya volviera a clavar los ojos desafiantes en el rostro de Scott Tyler, ahora rígidamente impasible, vacío de toda emoción. Ella supuso que era la máscara que adoptaba ante un tribunal cuando no quería que nadie supiera lo que pensaba.

–Lo que está insinuando no ha ocurrido –dijo secamente–. Y usted sabe muy bien que le está diciendo lo que cree que quiere oír...

Una ceja oscura y espesa se alzó levemente.

–¿De verdad?

Anya se repitió que estaba jugando a abogado del diablo.

–Lo sabe perfectamente. Mire por la ventana si no me cree. Las chicas que vine a buscar están esperándome en mi coche.

Él lanzó una mirada rápida hacia la rotonda.

–Donde hay humo siempre hay fuego –murmuró con irritante dejadez.

–¿Ahora qué es usted, bombero? –le espetó Anya furiosa–. Creía que era un gran abogado. ¿Por qué no se comporta como tal y le saca a su sobrino la verdad?

–¿Según su versión, o la de usted? Cuando hay dos testigos, la verdad suele ser cuestión de perspectiva.

–¿Me está diciendo que realmente le cree?

–Admitirá que tengo razones sobradas para sospechar. Debe de ser consciente de que hay algo vagamente erótico en una mujer vestida con una camisa de hombre –dijo él dejando caer sus ojos a lo largo del esbelto cuerpo envuelto en seda–. Y esos calcetinitos blancos le dan un tono muy provocativo de falsa inocencia.

–¡Por el amor de Dios, no sea ridículo! –una oleada de placer culpable recorrió el cuerpo de Anya, que intentó ahogar la descarada provocación en el más puro sarcasmo–. Supongo que ahora me acusará de intentar seducirlo a usted.

Se produjo un tenso silencio mientras los dos se miraban fijamente. Cuando él volvió a hablar, su voz era más profunda, suave y peligrosa que nunca. Demasiado baja para que el muchacho la oyera. Y permitió que una llamarada de deseo masculino asomara a sus ojos.

–Puede intentarlo si quiere, pero le advierto que soy mucho más difícil, y considerablemente más exigente que un adolescente calenturiento.

Anya sintió que le faltaba el aire. Abrió y cerró la boca varias veces antes de poder pronunciar unas palabras que demostrasen que no estaba completamente vencida.

–¡Oh, es usted insufrible! Es evidente que ustedes dos son parientes. Crea lo que le dé la gana. ¡Me da igual!

La flagrante mentira quedó flotando en el aire mientras se daba media vuelta y entraba como una tromba en el cuarto de baño. El portazo fue lo bastante violento como para que el espejo vibrara en la pared y varios botes y frascos cayeran del estante del baño.

Sin dejar de murmurar entre dientes, Anya se quitó rápidamente la camisa y volvió a ponerse su ropa, húmeda y arrugada. Al calzarse una de las botas dio un furioso tirón a la cremallera que hizo que se enganchara en uno de sus calcetines.

Siempre había considerado los calcetines tobilleros de algodón blanco como algo sencillo y normal, y nada sexy desde luego. Pero ya no podría volver a ponerse unos calcetines como aquellos sin pensar en él.

¡Le habían parecido provocativos! Estaba claro que aquel hombre necesitaba tratamiento psiquiátrico, pensó mientras se contemplaba en el espejo buscando en vano a la fría, serena y capaz señorita Adams que solía ver en su reflejo. Con los ojos brillantes de rabia y las mejillas encendidas, parecía desesperantemente joven e inestable. Fuera de control.

Podía oír un callado murmullo que venía de la habitación, y dudó un momento antes de sacar pecho, reunir los últimos jirones de dignidad que le quedaban y agarrar el pomo de la puerta. Iba a salir con la cabeza bien alta, y si el adolescente confesaba su culpa, estaba dispuesta a perdonarlo generosamente como correspondía a su naturaleza amable y comprensiva.

Pero lo que vio al salir del baño no la tranquilizó. Scott Tyler estaba en pie junto a su sobrino, que seguía sentado en la cama, y tenía una mano apoyada sobre el ancho hombro del muchacho.

—Bueno, ¿ya le ha contado lo que ha pasado? —dijo Anya con tono desafiante.

La máscara inescrutable de Scott Tyler seguía en su sitio.

—Eso llevará cierto tiempo, dado su estado actual

–dijo él en tono neutral mientras examinaba el estado de la ropa de Anya de una rápida ojeada–. Como dije antes, es tarde, y si hay algo que discutir, puede esperar a una hora más civilizada.

Él dejo caer la mano y avanzó un paso hacia ella. El corazón de Anya dio un vuelco al ver una sonrisa maliciosa dibujarse en los labios del adolescente a espaldas de su tío. Aquel mocoso malcriado no iba a asumir sus responsabilidades hasta que estuviera lo bastante sobrio como para apreciar las verdaderas consecuencias que podían tener sus mentiras.

–Bueno, desde luego hay algo que no es necesario discutir –dijo Anya mientras señalaba una gran mancha mojada en su camisa de algodón–. Como usted mismo puede ver, tendré que llevar mi ropa al tinte. Ya le mandaré la factura.

–Hágalo. Pero no espere que la pague si se demuestra que ha habido negligencia por su parte –respondió él en aquel tono frío y profesional–. Por lo que yo sé, podría haber mojado esa ropa ahora mismo para dar credibilidad a su versión de los hechos.

Anya olvidó instantáneamente su amabilidad y su comprensión.

–Supongo que el hecho de haberse criado entre lo más bajo de la sociedad hace que tenga una mentalidad tan mezquina y obsesivamente suspicaz, que ha olvidado cómo se comporta la gente normal e inocente –le espetó con todo el desprecio que pudo imprimir a sus palabras.

Él no se encogió, pero retrocedió ligeramente y apoyó un ancho hombro en el marco de la ventana como haciendo una pequeña concesión a su cansancio.

–Prefiero pensar que se trata del saber que da la experiencia. Como profesora de Historia, coincidirá conmigo en que hay que aprender del pasado para evitar repetir errores en el futuro.

Anya frunció los labios. Odiaba tener que darle la razón. Pero por primera vez se dibujó en los labios de Scott Tyler un incierto gesto parecido a una sonrisa que hizo que se le acelerara instantáneamente el pulso. Y sus siguientes palabras le subieron aún más la presión sanguínea.

—Así que, señorita Adams, no cometa el error de irritarme aún más cuando le he dicho que estoy de muy mal humor. Su posición en este momento es bastante insostenible. Podría acusarla de corrupción de menores...

Anya le desmontó el farol con sarcasmo.

—Aparte de que esa acusación es absurda, el chico no es menor.

Él iba a responder con un comentario cáustico cuando algo llamó su atención en la rotonda.

—¿Seguro que quiere discutir ese punto ahora? Porque parece que ahí abajo la gente está inquieta.

—¿Qué? —Anya frunció el ceño sospechando una nueva artimaña.

—Dos chicas acaban de salir de un cochecito amarillo que supongo que es suyo —dijo él sin dejar de mirar por la ventana—. Parecen estar discutiendo si deberían acercarse a la casa. Si lo desea, puedo invitarlas a entrar mientras terminamos la discusión que tan ansiosa parece por continuar.

—¡No! —Anya estaba furiosa consigo misma por haber olvidado el objetivo prioritario de la misión, llevar a las chicas de vuelta al campamento. Y no quería ni pensar en lo que comentarían las cuatro pequeñas cotillas sobre aquella absurda escena.

Miró el reloj, concentrada en controlar los daños lo

mejor posible. Si no estaban de vuelta en el campamento antes de que Cathy leyera la nota, se iba a desatar un auténtico infierno. Levantó de nuevo la vista hacia la causa de su lamentable pérdida de control.

—Tengo que irme...

—Oh, qué pena —repuso él con tono sarcástico—. Precisamente cuando iba a ofrecerle un té.

Anya dejó escapar una risilla seca. Por supuesto, él consideraría su retirada como una victoria.

—Cuando el niño esté lo bastante sobrio para aclararle que mi presencia aquí era completamente inocente —dijo haciendo un gesto con la cabeza hacia Sean mientras se dirigía a la puerta—, espero recibir una sincera disculpa... de los dos. Y por mí el asunto estará zanjado.

Pensó que había conseguido ser ella quien dijera la última palabra, pero mientras bajaba la escalera llegó a sus oídos un «cuando el infierno se congele» que hizo que tuviera que agarrarse a la barandilla para no volver a subir y contestarle como merecía. Para ser una firme partidaria de la no violencia, empezaba a tener pensamientos bastante inquietantes. Y todo por culpa de aquel hombre.

—¿Dónde estaba, señorita Adams? Estábamos muy preocupadas —dijo Jessica mientras Anya las hacía subir de nuevo al coche y apretaba el acelerador a fondo para alejarse cuanto antes de aquella mirada penetrante como un rayo láser que sin duda seguía clavada en su espalda.

—Vimos entrar a ese tipo grandote y al momento se acabó la fiesta, pero como usted no salía... Parecía muy enfadado cuando llegó y vio todos aquellos coches. Seguro que le ha echado un buen sermón a su hijo por montar la fiesta —dijo Kristin sin poder reprimir su interés—. Seguro que se ha armado una buena. ¿Por eso ha tardado tanto, señorita Adams?

—Es mejor que no preguntes —siseó Anya entre dientes. Su voz, normalmente amable, sonó tan amenazadora que el resto del viaje de vuelta transcurrió en el más absoluto silencio, solo roto por los esporádicos suspiros de Cheryl y Emma, que debían de estar pensando en su incierto futuro.

Capítulo 3

AL llegar a la reserva regional Anya sintió que le martilleaba la cabeza levemente, y cuando llegó a su casa la tarde del día siguiente, ya tenía una migraña en toda regla.

Al menos la decisión de cómo castigar a las dos jóvenes fugitivas no había caído sobre sus hombros. Las dos habían vertido copiosas lágrimas para ablandar a una lívida Cathy Marshall, que les soltó un buen sermón y a continuación les asignó los trabajos de limpieza más aburridos, duros y odiados del día siguiente.

Ver a Cheryl rascar la grasa quemada de diez días de la cocina del campamento y a Emma fregando suelos y frotando con un cepillo los retretes había hecho pensar a Anya que quizá sus falsas expresiones de remordimiento pudieran dar paso a un auténtico arrepentimiento.

Pero el dilema seguía siendo si dar el asunto por zanjado o informar oficialmente a la directora al regresar al colegio, dado el peligro potencial que había representado su acto para ellas y para la reputación de la academia.

Anya comprendía que su amiga no quisiera complicar las cosas, pero le señaló que, cuando hubieran olvidado el castigo, era más que probable que las chicas presumieran de su hazaña. Si los hechos empezaban a correr de boca en boca entre las alumnas, era inevitable que llegaran a oídos de la señorita Brinkman, y entonces querría saber por qué no se la había informado inmediatamente.

–Supongo que todo podría quedar como está si no fuera por el hecho de que encontraste a Cheryl con ese chico y que probablemente estaban fumando marihuana –le comentó en el autobús de vuelta al colegio–. Pero no te preocupes. Tú no vas a tener ningún problema por esto, Anya. Has hecho un gran favor al colegio ayudándonos estos días. Solo ha sido una mala suerte que esas dos crías decidieran escaparse precisamente cuando estabas sola con ellas. Y voy a decirle a la señorita Brinkman que hiciste exactamente lo que habría hecho yo en tu lugar...

Anya dudó que fuera así, ya que no había entrado en detalles acerca de su humillante encuentro con Scott Tyler. Simplemente le había contado que él había llegado cuando había mandado a las chicas al coche, que estaba furioso y había sido muy grosero. No había querido preocupar más a su amiga hablándole sobre la hostilidad personal que había salido a la superficie durante el enfrentamiento, sobre todo al ver que Cathy reconocía al instante el nombre del protagonista.

–¿Scott Tyler... el abogado? ¿El que puso en la calle a ese asesino en serie? Perdón, presunto asesino –Cathy estaba lo bastante impresionada como para olvidar su principal preocupación–. Vaya, lo vi en la tele, y debe de ser un tipo muy duro. Según los periódicos destrozó por completo a la acusación para conseguir ese veredicto. Desde luego, no me gustaría estar frente a él en medio de una discusión.

«Si yo te contara,» pensó Anya. No iba a ser nada

fácil aguantarle la mirada la próxima vez que se vieran. Scott Tyler la había visto en ropa interior, por el amor de Dios. La última vez que aquello había ocurrido había sido en su veintiún cumpleaños, y el protagonista había acabado partiéndole el corazón. No era muy buen precedente.

Los dos martillos que le golpeaban las sienes rítmicamente empezaron a debilitarse cuando su coche entró en el sendero de gravilla que conducía a su hogar y aparcó en el pequeño garaje adosado a la casa de madera.

Había comprado la casita de dos dormitorios varias semanas después de firmar el contrato con el instituto de Hunua, después de pensar que, aunque el trabajo no fuera como ella esperaba, había suficientes centros de enseñanza secundaria en South Auckland a una distancia razonable de Riverview.

La casa había sido una especie de regalo de Navidad adelantado, y aunque se había endeudado hasta las cejas con la hipoteca, en el fondo el compromiso a largo plazo con el banco le resultaba tranquilizador. Todo el mundo, incluidos sus distinguidos padres, le había dicho que comprar una pequeña propiedad en una zona rural de segunda era una mala inversión, pero nadie parecía comprender que no era una inversión, era su hogar, un lugar donde quería echar raíces y crecer, emocional y físicamente. Meses después de haberse mudado, seguía produciéndole un intenso placer llegar a casa sabiendo que era la propietaria de su pequeña parcela de paraíso.

—Hola, George, ¿vienes a darme la bienvenida?

Se agachó para acariciar al esbelto gato anaranjado que apareció de repente restregándose entre sus piernas mientras sacaba el equipaje del maletero. En realidad se trataba de un gato sin dueño que consideraba todo el vecindario como su territorio y que concedía sus veleidosas atenciones a cualquiera que le ofreciera una comida decente.

Le rascó la cabeza detrás de las orejas, sonriendo al notar su ronroneo, y su rostro se iluminó sin querer. Ahora que estaba plenamente asentada, quizá fuera el momento de tener un gato propio. O quizá un perro. Gracias al asma que había padecido en su infancia y al horror de su madre, cantante de ópera, ante cualquier cosa que pudiese poner en peligro su voz, nunca había podido tener un animal. Los frecuentes viajes internacionales a que los obligaba la carrera de su madre le habían impedido tener siquiera un pez, y solo durante sus maravillosas visitas a la granja de sus tíos de Riverview había podido satisfacer su interés por los animales.

—A ver si encuentro por ahí una lata de atún que podamos compartir —dijo Anya mientras seguía a George por el estrecho sendero de adoquines que había puesto ella misma, flanqueado por los lechos de flores ya preparados para plantar. Aunque todavía hacía mucho calor para estar a mediados de abril, las nubes ya empezaban a acumularse sobre la cordillera de Hunua y ya se notaba cierto olor a lluvia en el aire.

Ya dentro de la casa se quitó los zapatos de dos patadas y abrió todas las ventanas. Era demasiado pronto para cenar, pero abrió una lata de atún y puso la mitad en un plato en el suelo de la cocina para George. A continuación, mezcló el resto con los ingredientes para ensalada que había comprado en un puesto de la carretera en el camino de vuelta y lo guardó en el frigorífico para cuando saliera del baño.

Pretendía darse un largo baño con aceite aromático

de lavanda hasta que desaparecieran todas las preocupaciones de su cerebro, y después se tomaría su ensalada con una buena copa de vino blanco frío y se relajaría trabajando un rato con sus libros, quizá con una pieza escogida de Bach como fondo.

Mientras George se relamía sobre el plato vacío y miraba de reojo la estera que había junto a la puerta trasera, donde solía tumbarse a hacer la digestión, Anya llenó el baño y se sumergió en él saboreando el instante.

Pero el baño no fue la escapada total de la realidad que había esperado, ya que mientras el intenso calor iba llegando hasta sus cansados huesos y el vapor aromatizado humedecía su rostro, los pensamientos de Anya se dirigían una y otra vez hacia un único e irritante objetivo: Scott Tyler.

Durante su primer encuentro, había pensado que podían tener algo en común. Había acudido a su entrevista al instituto por la tarde y había salido a recibirla el presidente del consejo, un sesentón fornido y amable, y aún estaban dándose la mano cuando él había levantado la vista por encima del hombro de Anya.

–¡Oh! ¿Qué tal, Scott? Me preguntaba si llegarías a tiempo para esta última entrevista. Te presento a nuestra última candidata, la chica de Eastbrook. Ya hemos hablado de su currículum...

Hizo una presentación superficial, distraído por la risa ronca de la morena alta y voluptuosa que iba colgada del brazo de Scott Tyler.

–Lo siento, papá –dijo ella dándole un beso rápido en la mejilla–. Acababa de liquidar un caso en los tribunales, así que llamé a Scott al móvil y me lo llevé a comer. Nos pusimos a hablar de trabajo y nos olvidamos de la hora que era.

–Heather trabaja para un gran bufete del centro –explicó Hugh Morgan a Anya henchido de orgullo paternal, lo que dio a Anya la oportunidad de romper el contacto con un par de electrizantes ojos azules–. Es una chica muy inteligente. Fue la primera de su promoción.

–Vamos, papá, de eso hace ya un poquito –dijo Heather Morgan con un aire de modestia que no acababa de encajar con su elegante traje de chaqueta y su ambicioso aire de suficiencia. Anya calculó que la «chica» tenía treinta y pocos años y que ese «poquito» debía de ser aproximadamente una década–. Sabes que no me gusta dormirme en los laureles, sobre todo cuando estoy con alguien tan brillante como Scott.

Al pronunciar las últimas palabras lanzó una mirada de reojo con sus ojos color avellana al imponente hombre que tenía al lado. Finalmente, dirigió una sonrisa condescendiente a Anya.

–Así que eres maestra –dijo con tono cansado, como si fuera la ocupación más gris y deprimente del mundo.

Anya inclinó la cabeza educadamente mientras aquella mujer le deseaba buena suerte con aire insípido. En realidad, más que ofenderla, le hacía gracia aquel tono de superioridad. No se molestó en aclararle que se había graduado *cum laude* en Historia y le habían concedido una beca para hacer estudios de postgrado en Cambridge, la cual había rechazado para continuar con su formación docente. Igual que sus padres, probablemente aquella rubia consideraría aquello un patético desperdicio de potencial, ya que «no se podía hacer dinero en serio con la enseñanza».

Anya guardó silencio mientras los otros tres intercambiaban cumplidos, intentando que no se notara su nerviosismo, pero algo ocurrió cuando oyó un comentario casual sobre la residencia de Scott Tyler.

–¿Dice que su casa se llama Los Pinos? –se sorprendió preguntando a aquel hombre–. No será la casa que hay en la carretera de Riverview.

–Sí, la misma –Scott Tyler la miró desde su imponente altura. La concisión de sus palabras subrayó la ligera reserva que mostraban sus ojos.

–¿La has visto al pasar? Una maravilla, ¿verdad? La compró hará como... cinco años, ¿verdad, querido? –Heather Morgan parecía intentar dejar claro que su relación no era simplemente profesional–. Por cierto, estaba hecha una pena. Parece que los anteriores dueños la tenían bastante abandonada. Scott tuvo que rehacerla por completo, de arriba abajo.

–Si fue hace cinco años, debió comprársela a una pariente cercana mía –dijo Anya a Scott Tyler, encantada de que hubiera un punto de contacto que pudiese hacer que la mirara con mayor interés que a los demás candidatos durante la entrevista–. Kate Carlyle. Vino hasta aquí desde Londres para formalizar la venta de la casa. Si la conoció, debe acordarse de ella. Es una mujer deslumbrante. Bastante famosa en Europa y América como concertista de piano.

Él se había tensado levemente. ¿Quizá le había parecido que intentaba darse importancia? Podía ser, pero Anya estaba genuinamente orgullosa de la brillante carrera de Kate.

–Oh, sí, recuerdo a Kate Carlyle –dijo él, con una emoción oculta en su profunda voz. No había duda de que su encuentro había sido memorable. Aunque no lo intentara, Kate siempre causaba un gran impacto en los hombres–. ¿Cómo de cercano es su parentesco?

–Es prima mía por parte de madre –dijo ella alegremente, alzando la vista para encontrarse con su aguda mirada. La expresión de Scott Tyler se endureció un poco más, Anya pensó que por incredulidad.

–¿Y tiene usted mucho en común con su famosa prima?

–Bueno, dado que vivimos en extremos opuestos del planeta, no nos vemos muy a menudo, y Kate viaja sin parar, pero intentamos mantener el contacto.

Al menos eso hacía Anya. E intentaba pensar que los breves y apresurados e-mails de Kate en respuesta a sus largas cartas manuscritas podían considerarse un esfuerzo, aunque no muy serio, por corresponder.

–Eso no responde a mi pregunta, ¿no cree? –le espetó él con una mueca sardónica–. Quizá debería haberla formulado de otra manera. ¿Comparte usted algo de su carácter, o quizá de su personal filosofía de vida?

Anya estaba atónita. No sabía muy bien adónde quería llegar con aquella pregunta, y era obvio por su expresión que no iba a satisfacerlo ninguna respuesta. ¿Pero a qué se refería? Kate no tenía más «filosofía» que considerar la música lo primero y lo fundamental.

–Bueno, teniendo en cuenta nuestro origen común, supongo que cierta similitud es inevitable –dijo con precaución–. Cuando Kate se quedó huérfana vino a vivir con mis padres y conmigo. Durante un tiempo, nos criamos como hermanas.

Y Kate, cuatro años mayor que ella, siempre se había comportado como una hermana mayor y dominante, ya obsesionada por la música y sin la menor consideración hacia su prima de ocho años.

–Así que son «como hermanas» –sentenció él en un tono que parecía cambiar completamente el significado de sus palabras.

Por alguna razón, cuanto más cercana parecía ser

su relación con Kate, más parecía molestarlo a Scott Tyler. ¿Quizá pensaba que intentaba darse importancia para recibir un trato de favor? ¿O lo interpretaba como un signo de inseguridad y debilidad de carácter poco recomendable en una buena profesora? Desconcertada por la creciente antipatía que mostraba aquel hombre, Anya dio rienda suelta a su lengua para intentar desbloquear una situación cada vez más violenta.

–Supongo que cuando compró la casa le dijeron que la parte más antigua tiene más de ochenta años, y que fue construida por John Carlyle, el padre de mi tío Fred –empezó a explicar. Dado que la Historia era su fuerte, solía recurrir a ella en momentos de desconcierto–. ¿Le mencionó Kate que había heredado Los Pinos al morir sus padres cuando tenía doce años? Bueno, entonces era una granja de vacas lecheras y se siguió explotando en arrendamiento hasta que Kate tuvo edad suficiente para decidir qué quería hacer con ella. Vendió la mayor parte de las tierras y los pastos al cumplir dieciocho años, pero conservó la casa y los alrededores por nostalgia, aunque ya había decidido irse a vivir permanentemente a Europa o América. De hecho la última vez que estuvo en Nueva Zelanda fue cuando decidió vender Los Pinos. ¡Qué coincidencia que la comprara usted, señor Tyler!

¡Dios, cómo estaba divagando! ¡Y ella nunca divagaba! Notó la fría mirada de aburrimiento de Heather Morgan y la impaciente ojeada de su padre al reloj. Mientras tanto, el destinatario de su plomiza conferencia se mantenía erguido e inmóvil como un tótem indio, distante y agresivamente imperturbable. Debió de ser entonces más o menos cuando comprendió que jamás podría hacer que Scott Tyler estuviera de su parte.

Anya se sumergió aún más en el baño, hasta que la

fragante espuma rozó su barbilla mojando los mechones de pelo que habían escapado del moño que se había sujetado en lo alto de la cabeza.

Scott Tyler era una amenaza. Había conseguido introducirse en el lugar más sagrado e íntimo que tenía, en su santuario, su baño. Bajó la mirada y, a través del agua, observó sus pechos pequeños y redondos y sus caderas de muchacho, tan diferentes de las curvas exuberantes que Heather Morgan iba mostrando a todo el mundo del brazo de su hercúleo acompañante. Por supuesto, pensó sombríamente, «Tanque» Tyler necesitaría a una musculosa y agresiva devoradora de hombres para satisfacer su lascivia, ya que probablemente aplastaría a una mujer de constitución más frágil y delicada. ¿Qué había dicho la noche anterior?

«Soy... considerablemente más exigente que un adolescente calenturiento».

Podía imaginar las «exigencias» a las que se refería.

El agua tembló ligeramente cuando se hundió en la bañera un poco más. Seguramente, era un bestia insensible en la cama, incapaz de entender lo que era hacer el amor. Cantidad, no calidad. Sería dominante y egoísta. Impaciente.

Cerró los ojos intentando no seguir por aquel camino, pero su indisciplinada imaginación empezó a dibujar a Scott Tyler demostrando esa vulgaridad, su brillante piel olivácea reluciente de sudor, sus grandes músculos flexionándose mientras se movía sobre la mujer que tenía debajo atrapada bajo sus potentes caderas, sus ojos azules clavados en los de ella con un deseo insaciable. El vello de sus muñecas era oscuro, y su barba cerrada, por lo que Anya imaginó que su torso estaría cubierto de un espeso vello que cosquillearía sus pechos mientras...

¡Aaagh! Anya se incorporó tosiendo violentamente y escupiendo el agua jabonosa y perfumada mientras intentaba alcanzar una toalla. Su cuerpo completamente relajado se había escurrido repentinamente bajo la superficie del agua. Se secó la cara con frenesí profundamente irritada por el rumbo que habían tomado sus pensamientos. Se dio cuenta con horror de que sus pezones estaban erizados, y esa vez no tenía el pretexto de la corriente de aire.

¡Demonios!

Agarró su esponja y empezó a frotarse todo el cuerpo frenéticamente como si quisiera limpiar sus pecados. Adiós baño liberador y revitalizante. Metió la cabeza bajo el agua para enjuagarse el jabón del pelo, y al sacarla de nuevo oyó que sonaba el teléfono. Durante unos segundos, pensó dejarlo sonar, pero después de los últimos acontecimientos llegó a la conclusión de que quizá era mejor ver quién llamaba.

Se envolvió en un albornoz y se dirigió al teléfono dejando un rastro de agua. Casi deseaba que dejara de sonar, pero no fue así. La persona que llamaba era persistente... quizá demasiado.

Respiró hondo, agarró el teléfono con fuerza y descolgó.

—¿Anya? Por Dios, ¿cómo tardas tanto en responder? No podías estar muy lejos en esa caja de zapatos que llamas tu casa. ¿Por qué no te compras un móvil, o al menos un inalámbrico que puedas llevarte adonde estés?

Los dedos de Anya se relajaron.

—¿Kate? Dios mío, estaba pensando en ti ahora mismo —dijo, censurando los últimos minutos del baño.

—¿De verdad, cielo? ¿Eso significa que por fin tienes buenas noticias para mí?

–Bueno... –debía haber imaginado que su prima no llamaba simplemente para charlar.

–¿Sabes? Si utilizaras el ordenador más a menudo, no tendría que llamarte. Sabes que siempre estoy de viaje y a veces tardo semanas en recoger el correo. ¿No has leído mi e-mail de la semana pasada?

–El caso es que he estado fuera...

–¡Un momento! –Anya pudo oír a través del auricular retazos de una conversación airada en francés–. Lo siento, Annie, pero estoy en el Charles de Gaulle, de camino a Nueva York, y hay aquí un cretino que dice que una de mis maletas pesa demasiado. ¡Qué les darán de comer a estos blandengues? Una viaja en clase *business* para ahorrarse estos tragos, y ya ves...

Anya esperó pacientemente, a sabiendas de que era inútil intentar decir nada hasta que su prima acabara de hablar. Igual que recordarle que no soportaba que la llamara «Annie». Fue estirando el cordón del teléfono hasta llegar al frigorífico y sacó la botella de vino blanco. Sospechaba que iba a necesitar una copa antes de que terminase la conversación.

–¿Qué, ya has conseguido que te inviten a la vieja mansión? –Kate pasó sin más preámbulos al motivo de su llamada.

–Bueno, no, la verdad es que no... –Anya no pensó que contase la visita de la noche anterior.

–¿Cómo que no, por Dios? Llevas en Riverview cuatro meses. ¿No puedes pasarte y decir que tienes nostalgia de la casa donde ibas a jugar en la infancia y quieres echar un vistazo?

–¡No, no puedo! –repuso Anya irritada. ¿Cómo iba a llamar a la puerta de Scott Tyler diciendo una cosa así? Y menos ahora. El corcho de la botella de vino emitió un ruido sordo al salir–. No es tan sencillo. Ya te lo dije, el señor Tyler y yo no nos llevamos bien.

Curiosa forma de expresarlo.

–Ya lo sé, es demasiado bruto para una chica como tú. Pero piensa que tienes que hacerlo por mí. Ni que te estuviera pidiendo favores todo el tiempo, querida...

«No, ni yo a ti», pensó Anya con una extraña punzada de amargura mientras se servía una generosa copa de vino.

Kate se había mostrado bastante despreciativa al saber que su prima había decidido descender en la escala social al aceptar un trabajo en un instituto «de segunda» y mudarse a aquella «casucha» de Riverview. Pero al cabo de un mes había llamado de repente y había dejado caer que, ya que a Anya «le pillaba tan cerca», quizá podía ayudarle en un asunto personal muy delicado.

El absoluto desinterés de Anya hacia el asunto en cuestión equivalía a una rotunda negativa, pero su prima nunca había permitido que tales menudencias se interpusieran en su camino.

Mientras ultimaba los detalles de la venta, Kate había estado viviendo en Los Pinos, y al irse precipitadamente a una inesperada gira por Europa del Este había olvidado llevarse una caja llena de recuerdos y documentos personales que había guardado temporalmente en el desván. Pero ahora un periodista neozelandés estaba investigando sobre su vida y andaba a la caza de revelaciones interesantes, y Kate quería recuperar aquellos diarios y documentos personales, a ser posible sin que nadie se enterase de que existían.

–De todas formas, aunque consiguiera que me invitara a entrar, ¿crees que iba a dejarme husmear sola por el desván?

–Tú eres una loca de la Historia. Y en los desvanes hay historia. Puedes decirle que estás escribiendo sobre los antiguos pobladores de la zona o alguna tontería así. O mejor, hazlo durante alguna fiesta. ¿Es que Scott Tyler no da fiestas?

Anya se estremeció y tomó apresuradamente un sorbo de vino.

–¿Y por qué no le llamas tú y le explicas que quieres recuperar esa caja, en lugar de meterme a mí por medio? –preguntó secamente.

–¿Es que tengo que explicártelo otra vez? –repuso Kate con voz cansada–. Porque hay cosas un tanto comprometedoras que no quiero que vea... un extraño. Cosas muy, muy personales que no quiero que vea nadie. Y si le pido a Tyler que me devuelva esa caja querrá revisarla con lupa, no vaya a ser que esté intentando quitarle algún tesoro que legalmente pueda pertenecerle. Deberías ver cómo repasó el contrato de venta de la casa. Es un suspicaz y un paranoico insoportable.

–No puedo prometerte nada –acabó diciendo Anya, en cuya mente empezaba a tomar cuerpo una sospecha–. Y ni siquiera voy a intentarlo hasta que me digas la verdadera razón de que no quieras hablar con él tú misma.

–¡Por el amor de Dios! –exclamó Kate con voz seca y metálica a través del teléfono–. De acuerdo, está bien. Ese cretino me dijo que no le gustaba la música clásica y yo lo llamé «ignorante» y «paleto inculto»... entre otras cosas. Ya sabes como soy cuando me enfado. Por suerte eso fue después de haber firmado la venta y cuando ya tenía su dinero en mi cuenta. Bueno, y quizá después de irme yo descubrió que había un par de pequeños problemas de fontanería que se me había pasado mencionar...

–¡Dios, Kate!

–¿Qué quieres, cielo? Yo tenía prisa por vender y él sabía que compraba una casa vieja. Esas cosas son de lo más normal. Pero como podrás imaginar, seguro que le encantaría poder jugármela. Por eso sé que todavía no ha encontrado nada, porque ya se lo habría dado a la prensa para vengarse de mí por vapulear su precioso ego.

Aquello explicaba bastantes cosas. Casi todo, de hecho. De no haber mencionado a su prima antes de la entrevista, probablemente se habría ahorrado un montón de problemas.

–Mira, tengo que colgar. Este imbécil sigue insistiendo en que no puedo facturar así la maleta y mi vuelo está a punto de despegar. Mándame un e-mail y cuéntame cómo va la cosa. Y que sea pronto, querida...

–Pero...

El tono del teléfono le indicó que nadie iba a oír sus protestas. De mal humor acabó de secarse el pelo, y después de dejar a George fuera para que se dedicase a sus correrías nocturnas se arrellanó en el sofá delante de la televisión y acabó viendo distraídamente un vergonzoso *reality-show* en lugar de estimular su intelecto con un libro y un concierto de Bach. Al final se fue a la cama sumida en una frustrante depresión.

Aquella noche llovió, pero a la mañana siguiente el cielo estaba despejado y el sol brillaba de nuevo. Aunque no pensaba madrugar, se despertó con las primeras luces, y después de una taza de té y un huevo pasado por agua decidió eliminar un poco de tensión trabajando en el jardín antes de sentarse a seguir escribiendo el ensayo que tenía a medias.

Pero un rato después atravesaba con paso rápido campos cubiertos de rocío en dirección a Los Pinos, sin dejar de mascullar maldiciones contra la batería del coche, que se había negado a arrancar. Al menos la caminata de quince minutos a campo través le permitiría llegar a su destino antes que si hubiera tenido que ir por la serpenteante carretera. Y por otra parte, así no se encontraría con Mark, que probablemente se dirigía hacia su casa.

Por suerte Liz Crawford la había avisado a tiempo. La secretaria de Mark Ransom era la primera amiga de verdad que Anya había hecho en el instituto, y como secretaria del jefe de estudios, la había ayudado mucho a la hora de familiarizarse con el funcionamiento del centro, además de darle valiosos consejos sobre a quién acudir si tenía problemas y a quién evitar. A menudo salían a comer juntas, y Liz había sido la primera en saber que Anya había salido a cenar un par de veces con Mark.

—¿Anya? He pensado que debías saber que al parecer Mark recibió anoche en casa una llamada... —Liz había hecho una pausa que no auguraba nada bueno— ...de Scott Tyler.

—¡Oh, no! —Anya cerró los ojos con fuerza. No podía creer que le hubiera hecho algo así. ¿La estaba castigando por algo que no podía evitar... ser prima de Kate? ¿Y por qué se sentía tan terriblemente traicionada?

—¿Sabes por qué puede ser?

—Me lo imagino —murmuró Anya.

—Mark no ha entrado en detalles, pero tiene que ver contigo y Sean Monroe en una fiesta en casa de Tyler el sábado por la noche.

—No me lo digas. «Corrupción de menores» —citó Anya con sarcasmo.

—¿Qué? No, no dijo nada de eso. Además, Sean tiene diecisiete años, ¿no? –dijo Liz intrigada–. Creo que más bien estaba preocupado por tu presencia allí y por las circunstancias. Pero ya sabes cómo se lo toma todo Mark.

–Es una estupidez, Liz... –contestó Anya, y a continuación hizo a su amiga el relato completo de los hechos.

–Estoy segura de que lo aclararéis –le aseguró Liz entre risas.

Resultaba un poco tranquilizador que la historia le hubiera parecido tan cómica a Liz. ¿Por qué no había podido verlo igual Scott Tyler, en vez de tomárselo a la tremenda? Quizá opinaba lo mismo sobre el humor que sobre la música clásica.

–Pero si te he llamado es porque Mark ha comentado que pensaba ir a hablar contigo del asunto para aclararlo todo antes de tomar ninguna decisión. Iba a llamarte, pero dijo que estarías en casa y que prefería hacerte una visita informal. Y ahora mismo está bajando hacia el aparcamiento. Pero oye, hazte la sorprendida cuando lo veas aparecer...

–Gracias, Liz, pero creo que no voy a estar –dijo Anya mientras se echaba al bolsillo las llaves del coche.

–¿Por qué? ¿Qué vas a hacer?

–¡Obligar a Scott Tyler a retractarse!

Nada más colgar marcó el número de Los Pinos, que había anotado en la agenda al llamar desde el campamento la noche del sábado. Una breve conversación con la doncella la informó de que el señor Tyler estaba trabajando en casa aquel día. Anya alzó el puño en señal de victoria. No tendría que ir en el coche hasta el centro de Manukau y abrirse paso hasta el despacho del «gran hombre».

El hecho de que la batería estuviera descargada fue un ligero revés. Se había puesto un traje para imponer más respeto, pero entró en la casa y un momento después volvió a salir con un top de algodón y unos pantalones de montar remetidos por dentro de unas botas de suave cuero que soportarían perfectamente pisar un par de excrementos de vaca.

En cierto modo, le venía bien la caminata, pensó mientras atravesaba los campos cubiertos de hierba verde esmeralda haciendo caso omiso a la curiosidad de las vacas blanquinegras que se cruzaba de tanto en tanto. El ejercicio estaba templando sus nervios, y a la vez le daba tiempo a ensayar en voz alta el discurso que pensaba pronunciar.

Lástima que al final no pudiera hacerlo.

El atajo que había tomado desembocaba en la parte trasera de Los Pinos. Después de saltar la última cerca, se vio en medio del enorme huerto de árboles frutales que se extendía detrás de la casona, y mientras lo atravesaba fue dando un último repaso a su atuendo. Por eso no vio en un principio la figura vestida de negro que se aferraba a la frondosa enredadera que cubría la fachada trasera del edificio a la altura del piso superior.

Cuando el crujido de una rama le hizo levantar la vista, Anya tuvo la absurda idea de que alguien más quería entrar en la casa de Scott Tyler y había elegido el camino más directo. Entonces se dio cuenta de que quienquiera que fuese intentaba salir de la casa, no entrar. Bajaba, no subía. De hecho intentaba alcanzar el estrecho canalón que descendía hasta el suelo por el muro de la casa. También observó que era una figura demasiado pequeña para ser la de un adulto. Pero por desgracia las ramificaciones más altas de la enredadera no tenían la fuerza necesaria para sostener ni siquiera un peso tan liviano, y empezaban a despegarse peligrosamente de la pared pintada de blanco.

Anya sintió que le daba un vuelco el corazón y abrió la boca para lanzar un grito de advertencia, pero pensó que podía ser contraproducente. El intruso ya se había dado cuenta de lo que estaba ocurriendo e intentaba frenéticamente alcanzar el canalón antes de que la enredadera se desprendiese por completo.

Echó a correr hacia la casa y vio por un instante un pálido rostro que reconoció como el de la desagradable jovencita del anillo en la nariz que había conocido en la fiesta. Miraba hacia abajo por encima del hombro la caída de seis metros con expresión de terror.

Anya se lanzó a toda la velocidad que daban sus piernas al escuchar el crujido de la enredadera al ceder.

–¡Tranquila, estoy aquí! –gritó con voz reseca de miedo al tiempo que flexionaba las piernas y arqueaba la columna, lanzando la cabeza hacia atrás y abriendo los brazos, como si quisiera convertirse en una red de salvamento humana.

En el último segundo todo pareció ocurrir a cámara lenta, y Anya llegó a pensar que quizá podría conseguirlo. Por eso el impacto fue aún más brutal de lo que esperaba. Una rodilla pareció atravesarle el pecho tumbándola en el suelo mientras el mundo entero caía sobre ella como una pesada cortina de terciopelo negro.

Capítulo 4

¡DIOS! ¿Te encuentras bien?

Anya dejó escapar un gemido, y de repente se dio cuenta de que el espeso manto negro que la había envuelto no era la pérdida del sentido, sino la camisola negra de la chica que había caído encima de ella, que rodó a un lado mascullando maldiciones y se arrodilló ansiosa a su lado.

—Dios, lo siento. ¿Te has hecho daño?

Anya intentó responder, pero no había ni una gota de aire en sus pulmones. Se giró ligeramente a un lado, sacudida por martillazos de dolor, y sintió la hierba fresca y recién cortada bajo la cabeza. A pocos centímetros sobresalía uno de los gruesos adoquines del sendero. Por un instante pensó que, de haberse golpeado la cabeza con aquello al caer, posiblemente no lo habría contado.

—Oh, no... ¿Crees que te has roto algo? —la chica se puso en pie de un salto, temblorosa pero obviamente de una pieza. Sus brillantes ojos azules pintados con kohl brillaban enormes en su palidísima cara. Anya consiguió por fin hacer entrar algo de aire en sus pulmones.

—No... Creo... que no —consiguió boquear—. Solo... ¡Ah!

Al mover el brazo sintió un latigazo de dolor en el

codo y la sensación ardiente de una raspadura en el antebrazo. Empezó a mover brazos y piernas con precaución sin detectar ningún dolor insoportable. No parecía haberse roto nada, aunque el martilleo de la cabeza le hacía difícil concentrarse en los mensajes que llegaban atropelladamente de todo su cuerpo.

–Creo que... estoy bien... Un poco aturdida...

La adolescente se inclinó sobre ella apoyando las manos en las caderas, en una pose que Anya reconoció de su primer encuentro.

–¡Vaya tontería que has hecho! ¡Podría haberte matado!

Anya abrió la boca sin ser capaz de decir nada. El rostro demacrado y ceñudo de la muchacha quedaba enmarcado por aquellos pelos puntiagudos con las puntas doradas. El anillo de su nariz hacía juego con los dos, más pequeños, que llevaba en las orejas. Anya pensó que en su voz parecía haber más alivio que indignación, y observó que tenía un fuerte acento australiano.

–Podrías... haberte... roto algo... –dijo entrecortadamente. En otro momento, la inversión de papeles hasta podría haberle hecho gracia.

–Ya, y ahora voy a meterme en un buen lío –fue la contrariada respuesta.

Anya intentó incorporarse, pero la chica se dejó caer a su lado y le puso una mano sorprendentemente fuerte en la clavícula sujetándola contra el suelo.

–¡No! No intentes moverte. Espera, voy a pedir ayuda.

–¡No, de verdad! Estoy bien... –protestó Anya débilmente–. No me he roto nada.

–¿Quieres esperar? –la joven voz, antes insegura, recuperó su tono firme y sorprendentemente autoritario para alguien de su edad–. Dios, ¿qué prisa tienes? Por favor... No intentes levantarte hasta que venga alguien. A ver si te me vas a morir aquí. Soy demasiado joven para tener algo así sobre mi conciencia. Sería un trauma para toda la vida.

–¿Qué...? –Anya iba a protestar, pero la adolescente ya había desaparecido.

Seguía tendida en el suelo, no porque quisiera obedecer las órdenes de aquella mocosa, sino porque aún se encontraba algo mareada y seguía faltándole el aire. Decidió que intentaría levantarse poco a poco. El primer paso era rodar hasta quedar boca abajo e intentar ponerse a cuatro patas. Entonces pensó que estaba teniendo alucinaciones al ver aparecer en la ventana del piso superior la cabeza y los hombros de la adolescente, que la saludó animadamente con la mano antes de empezar a proferir una serie de gritos espeluznantes. La cabeza volvió a desaparecer en el interior de la casa y Anya quedó de nuevo sola mirando al cielo y pensando que quizá, después de todo, sí que estaba inconsciente.

Parecía que solo habían pasado unos segundos cuando la chica volvió a aparecer, esta vez procedente de la casa y seguida de voces confusas que preguntaban qué pasaba. Una de ellas, profunda y resonante, hizo a Anya soltar un gemido de dolorosa frustración.

–¿Pero qué...? –Scott Tyler dejó la pregunta en el aire mientras se dejaba caer de rodillas a su lado y le apartaba con los dedos unas hojas secas del pelo.

Llevaba unos pantalones oscuros y una camisa vaquera que le hacían parecer más joven que el traje de tres piezas.

–¿Se puede saber qué demonios ha hecho? –murmuró mientras recorría rápidamente su cuerpo con los ojos en busca de pistas.

Por encima de su hombro Anya podía ver los rostros de sus sobrinos, Sean y Samantha, mudos de asombro al ver de quién se trataba.

—¿Y qué está haciendo aquí? No he visto su coche aparcado fuera.

—He... he venido andando —explicó, y vio a Sean darse media vuelta y alejarse seguido de su hermana.

—¿Se ha golpeado la cabeza con los adoquines? —preguntó él con tono preocupado mientras le palpaba la nuca.

—No, ha sido... —Anya intentó alejar la cabeza de las manos de aquel hombre y vio tras él a la adolescente que lanzaba una mirada suplicante con las manos cruzadas bajo la barbilla—. Me he caído.

—¿Es que no miraba por dónde iba? —murmuró Scott Tyler con las oscuras cejas fruncidas mientras colocaba las manos a ambos lados de su cuello, haciendo que el pulso de Anya se acelerase.

—Estaba mirando hacia la casa —dijo Anya, y dio un respingo al notar que aquellas fuertes manos le palpaban los hombros y brazos y seguían descendiendo por sus costados—. ¡¿Pero qué cree que está haciendo?! —exclamó con un estremecimiento al ver que seguía bajando por sus caderas y muslos.

—¿Quiere dejar de moverse? —gruñó él.

—Me hace cosquillas —protestó Anya, ruborizándose profundamente cuando él hizo aletear sus oscuras pestañas y la miró fijamente a los ojos. ¿Sabría que estaba mintiendo?

—Al menos parece que no se ha roto nada —concluyó él—. Y parece que está recuperando el color.

—Me he quedado sin aire, eso es todo. Si se quita de enmedio, me levantaré —le espetó malhumorada.

Hizo ademán de apoyarse en las manos para incorporarse, pero él permaneció donde estaba e inclinó la cabeza con gesto serio al ver la raspadura que tenía en el brazo.

—Creo que ha sido algo más que eso, pero es verdad que quedarse aquí en el suelo no le hará ningún bien.

Para espanto de Anya, Scott Tyler deslizó un brazo por detrás de sus omóplatos y el otro bajo sus corvas y se levantó sin esfuerzo en un único y fluido movimiento. Una vez en pie, la atrajo hacia su pecho para sujetarla mejor y echó a andar hacia la casa. Samantha y la chica de negro los siguieron sin dejar de murmurar.

Anya le empujó el hombro enérgicamente dejando una mancha de tierra en su camisa.

—¡Suélteme! ¡No puede llevarme así!

—¿Por qué? ¿Cree que no puedo cargar con algo tan ligero como usted?

—Puedo caminar perfectamente...

—Pero no sin caerse, según parece.

Entraron en el vestíbulo y a sus espaldas se oyeron unas risitas sofocadas.

—Tío Scott, has entrado en la casa con ella en brazos —le comunicó Samantha Monroe con retintín.

—Dudo que la señorita Adams se sienta nada «nupcial» en este momento —dijo él tajante—. Trae agua caliente, desinfectante y algodón, por favor, Sam. Y ya que subes a la cocina pídele a la señora Lee que nos prepare un té.

Las paredes y el alto techo de escayola del amplio vestíbulo estaban pintados de color crema claro. A la luz del día, el efecto de luminosidad y espacio daba a la casa un aspecto asombrosamente diferente al que recordaba Anya. En su infancia todo aquello había estado recubierto de paneles de madera oscura y papel pintado excesivamente recargado.

–Ya puede soltarme –dijo ella con impaciencia al recordar el motivo de su visita.

–Todo a su tiempo.

Al pasar por delante de lo que había sido antiguamente el comedor Anya reparó en algo que le hizo abrir unos ojos como platos.

–¿Tiene un piano? –exclamó con incredulidad.

El tono burlón de Scott Tyler adquirió un tinte amargo.

–¿Tanto la sorprende? ¿Me considera un plebeyo desvergonzado por poseer un objeto propio de gentes cultas y refinadas? –según giraba para entrar en el salón opuesto reparó en el intenso rubor que coloreaba el rostro de Anya–. Ah, entiendo... Imagino lo que le habrá contado su deslenguada prima. Por supuesto, solo tengo el piano para presumir o para aporrearlo cantando canciones de borrachos con mis amigotes, lo que le parezca más vulgar.

Anya se tensó ante la velada acusación de esnobismo.

–El caso es que mi prima Kate solo lo mencionó de paso –dijo secamente.

–Oh, eso debió de ser muy frustrante para usted –dijo con una suave sonrisa mientras la depositaba con cuidado sobre un amplio sofá tapizado en lino de color crudo.

Le quitó las botas pausadamente mientras Anya protestaba e insistía en que no tenía por qué tumbarse.

–Tenga paciencia –repuso él mientras ella retrocedía hasta apoyar la espalda contra el brazo del sofá–. No quiero darle ninguna excusa para que me demande.

Scott Tyler se volvió para recoger la palangana de agua que llevó Samantha junto con el botiquín. Anya soportó con los dientes apretados el meticuloso examen al que fue sometida. El señor Tyler inspeccionó, limpió y desinfectó cuidadosamente las pequeñas rozaduras y tras hacer lo mismo con la del brazo la cubrió con un pequeño esparadrapo. Anya jamás hubiera imaginado que aquel hombre pudiera ser tan dulce y cuidadoso. Mantenía la mirada fija en sus manos para no tener que mirar aquel rostro que tenía tan peligrosamente cerca. Curiosamente, aquella dulzura la hacía sentirse todavía más vulnerable a su exuberante personalidad.

–He utilizado esparadrapo hipoalergénico. Supongo que tiene una piel muy sensible –dijo él según pasaba con suavidad el pulgar por la delicada piel del antebrazo de Anya y se demoraba un instante más de lo recomendable en las finas venas de la cara interior de su muñeca.

–Señor Tyler...

–¿Señorita Adams? –el tono burlón con el que dijo su nombre la hizo sentirse como una estúpida por intentar recuperar las distancias–. Creo que deberías llamarme Scott. Una mujer debería llamar de tú al hombre que la ha metido en brazos a su casa. Aunque la dama siempre puede elegir... Seguro que esa piel se irrita muy fácilmente, Anya.

–Sí, pero sana con mucha rapidez –respondió ella desafiante.

Aquel hombre estaba describiendo pequeños círculos con la yema del dedo sobre su muñeca, y Anya sentía erizarse el vello de todo su brazo.

–Entonces debe de ser más fuerte de lo que parece.

–¿No estábamos de acuerdo en que las apariencias engañan, Scott?

Sintió cómo los dedos de aquel hombre se tensaban imperceptiblemente, pero al instante soltó su muñeca y le miró las manos.

–Me sorprende que no tengas rasguños en las palmas. Cuando alguien tropieza, normalmente intenta parar el golpe con las manos.

Pero lo que las manos de Anya habían intentado parar era a la adolescente que la miraba con ojos suplicantes desde detrás del inquisitivo abogado.

–Y curiosamente, parece que tienes una contusión aquí –observó tocando ligeramente la piel enrojecida entre sus clavículas y el borde del top sin reparar en que era el contorno de una rodilla pequeña y huesuda.

Por suerte la dueña de la rodilla intervino antes de que Scott Tyler notase la reacción espontánea de Anya al toque ligero de sus dedos.

–¿Y a mí no vais a pedirme que haga algo para ayudar? ¿O es que no se me puede confiar nada?

Para sorpresa de Anya, él no reaccionó con la rapidez y el aplomo habitual. Por un momento, pareció perdido. Dos pares de ojos azules se miraron como si intercambiaran un silencioso mensaje que ninguno parecía poder interpretar. Anya rompió el extraño silencio.

–¿Por qué no vas a ver si el té está listo? –preguntó en tono jovial mientras se levantaba del sofá de un salto–. Me vendría muy bien tomar algo.

Scott se pasó una mano por el pelo, repentinamente aliviado.

–Buena idea. Y de paso puedes llevarte esto –añadió señalando la palangana de agua y el botiquín–. Y también las botas de la señorita Adams, por favor, Petra.

–Ya. Ahora tengo que hacerlo yo todo –protestó la adolescente volviendo al cielo los expresivos ojos. Esa vez Scott sonrió y pareció relajarse aún más.

–Tú lo has querido, aunque me sorprende el repentino ataque de amabilidad.

—Yo puedo ser amable —replicó ella con altanería.

—¿Entonces por qué no sigues demostrando tus modales? Todavía no habéis sido presentadas adecuadamente. Señorita Adams, esta es mi hija de catorce años, Petra Conroy, que acudirá de forma provisional al instituto de Hunua a partir del próximo semestre. La señorita Adams es profesora de Historia, Petra.

—Sí, ya me lo ha dicho Sam. Hola, señorita Adams.

Anya, desconcertada, murmuró unas palabras de saludo ante el regocijo de Petra, que le dedicó una brillante sonrisa antes de desaparecer.

—Así que tienes una hija. No sabía que hubieras estado ca... —Anya se detuvo en seco mordiéndose el labio.

—¿Casado? No. Ha vivido con su madre en Australia hasta ahora. De hecho nació allí —dijo él mientras se dejaba caer en un gran sillón frente al sofá.

—Oh. Pero entonces eras muy joven cuando nació...

—Dieciocho años. Fue concebida cuando yo aún estaba en la universidad —Anya intentó controlar su expresión, pero su involuntaria desaprobación debió asomar a su rostro. Los labios de Scott se curvaron en una sonrisa sardónica—. Y no, no dejé embarazada por descuido a mi novia adolescente. Lorna tenía treinta años, y ella era quién tomaba las decisiones sobre nuestra relación, incluida la de tener y criar un hijo sola. ¿Qué ocurre? —preguntó al ver cómo Anya abría la boca sin conseguir ocultar por completo su satisfacción—. ¿Es que no encajo en el estereotipo que me has adjudicado?

La pregunta era tan directa, que instintivamente contestó la verdad.

—Pues... Es que me cuesta pensar en ti como en el más joven de una pareja —balbució.

–Todos tenemos que sacar nuestra experiencia de alguna parte –repuso él, y por un horrible momento Anya pensó que iba a preguntarle por la suya. Intentó no pensar en Alistair Grant más que como agente de sus padres. De todos modos, estaba segura de que su experiencia personal no tenía ningún interés para Scott Tyler.

–¿Quieres decir que eras...? –al comprender lo que iba a preguntar una oleada de calor recorrió todo su cuerpo.

–¿Virgen? –dijo él con aplastante claridad–. Quizá no físicamente, pero emocionalmente sí fue mi primera vez.

–¿Estabas enamorado de ella?

–Me entusiasmaba recibir las atenciones de una mujer muy atractiva, inteligente y adulta –replicó él, exquisitamente evasivo.

Anya se humedeció los labios e intentó llevar la conversación a un terreno más convencional.

–¿Y en estos años has visto a tu hija muy a menudo?

–No la había visto prácticamente desde que nació. Lorna quería que fuera así. No quería ayuda económica, y yo accedí a no intervenir en la vida de su hija. Tenía dieciocho años, ¿qué podía saber? Como Lorna me dijo, yo no tenía dinero y me quedaban al menos cuatro años de carrera. No estaba listo para la paternidad.

Tenía que haber algo más. Anya estaba segura. Su actitud era demasiado despegada.

–¿Y qué hace ahora Petra aquí? ¿Le ha ocurrido algo a su madre?

–No. Decidió que ya era hora de conocer a su padre biológico. Después de una discusión con Lorna, se escapó de casa, compró un billete de avión con la tarjeta de crédito que le había robado a su madre y la semana pasada llamó a la puerta de mi casa.

Anya pensó que, después de aquello, la hazaña de escaparse por la ventana era una ridiculez.

—Después de hablar con Lorna hemos decidido que, ya que Petra tiene tanto interés en conocer a su padre, puede quedarse aquí una temporada. Siempre y cuando no deje de estudiar. La Historia es una de sus optativas, y ya que es probable que te la encuentres en tu clase he pensado que podría venirte bien saber algo sobre su entorno.

—¿Hablabas de mí, papá? —canturreó Petra al acercarse con una bandeja que dejó en la mesita.

—¿De quién si no? Últimamente tú eres el tema de conversación por aquí —dijo su padre con sequedad—. ¿Tres tazas? Buen intento, Petra. Si subes ahora mismo a tu habitación, solo añadiremos... —consultó su reloj de acero— media hora a tu castigo, para compensar la diferencia.

—¡Pero papá...! He salvado a la señorita Adams. Deberías perdonarme solo por eso —Petra tuvo al menos la decencia de ruborizarse al ver el ceño fruncido de Anya—. Vale, vale. Pero no es justo. Solo le dije a Sean lo que pensaba de sus amigos.

—En un lenguaje que suelo oír cuando entrevisto a alguien en la cárcel, no en mi mesa durante el desayuno. Y arrojar comida a los demás es absolutamente inaceptable. No creo que un par de horas en tu habitación sea un castigo excesivo. Pasas más tiempo conectada al equipo de música todos los días. ¿Por qué no te pones a leer el libro sobre Nueva Zelanda del que te hablé? En un par de horas, puedes aprender algunas de las cosas que necesitarás saber la semana que viene en clase. Vamos, a tu habitación.

Petra se encogió de hombros y alzó una ceja en dirección a Anya antes de desaparecer escaleras arriba.

–¿A qué debo el honor de la visita? –preguntó él por fin tras dar un sorbo a su taza de té–. ¿O es que pasabas por aquí y decidiste «dejarte caer» para una amigable charla entre vecinos?

–Vine andando porque la batería de mi coche se había descargado –dijo ella para que quedara bien claro que no se dedicaba a merodear por propiedades ajenas–. Y tienes que saber perfectamente por qué estoy aquí.

–¿Debería? –preguntó él con la mirada perdida en el interior de su taza.

–Por favor, déjate de juegos –dijo ella apretando entre los dedos la fina taza de porcelana mientras hacía un esfuerzo por mantener la calma–. Me refiero a tu llamada telefónica de anoche a Mark Ransom. No te molestaste en hablar conmigo para que te diera mi versión de lo que pasó, lo que me hizo suponer que Sean te había confesado la verdad. Y sin darme la oportunidad de explicarme te quejas al jefe de estudios...

–Anoche intenté hablar contigo para explicarte lo que iba a hacer, pero el teléfono no dejaba de comunicar –interrumpió él–. Y esta mañana he estado ocupado con conferencias telefónicas hasta hace un rato.

En efecto, Anya había colgado mal el teléfono después de hablar con Kate y no se había dado cuenta hasta la mañana. Pero aquello seguía sin excusar lo que había hecho. Dejó la taza sobre la mesita con un tintineo que delataba su nerviosismo.

–¿Pensabas advertirme que ibas a apuñalarme por la espalda con mentiras sin fundamento? Mark va a venir a verme y no sé qué clase de acusaciones absurdas va a echarme a la cara –mientras hablaba vio con cierta satisfacción cómo él fruncía el ceño–. ¿Qué le dijiste exactamente? ¿Tienes la menor idea de lo que has hecho?

–Cálmate...

–¿Que me calme? –ahora estaba indignada–. ¡Es mi carrera lo que está en juego!

Scott alzó una mano como quitándole importancia.

–Sé perfectamente lo que he hecho. Y no me he quejado de tu conducta ni te he acusado de nada. Simplemente informé a Ransom, informal y amistosamente, de que el sábado se había celebrado aquí una fiesta sin mi autorización y que hubo bastantes chicos del instituto bebiendo alcohol. También le dije que tú habías venido en cierto momento a recoger a unas chicas...

–Y que había estado «correteando» en ropa interior –sentenció ella con amargura.

–No dije nada sobre lo que llevabas... o no llevabas puesto –continuó él sin alzar la voz–. Ransom te conoce. Sois amigos. No va a pensar mal de ti. Le dije que Sean había recibido su justo castigo. Y por suerte no recuerda prácticamente nada sobre el incidente.

–¡Por suerte para él, querrás decir!

Scott apretó levemente los labios, pero prosiguió sin alterarse.

–Y por suerte para ti. Lo único que recuerda Sean sobre el final de la noche es que tú le soltaste un sermón por lo que estaba pasando y que él vomitó. Después de eso, no se acuerda de nada, ni siquiera de mi aparición, y mucho menos de lo que hablamos o de tu indumentaria durante la discusión.

Anya dejó escapar un breve suspiro de alivio.

–¿Pero entonces por qué tenías que hablar con Mark?

–Porque antes o después se hablaría de esto, y es más fácil atacar con hechos que defenderse contra rumores –dijo él con una mirada intensamente persuasiva–. Sean dice que la fiesta solo iba a ser para sus amigos del equipo y sus novias, pero se corrió la voz en el instituto y empezó a aparecer cada vez más gente.

Tomó la taza de Anya y se la puso entre las manos sin dejar de mantenerla cautiva con su mirada. Ella automáticamente tomó un sorbo de té caliente que pareció aliviar ligeramente la sequedad de su garganta. Scott siguió hablando.

–Ayer recibí varias llamadas de padres preocupados por el estado en que habían llegado sus hijos después de lo que se suponía que iba a ser «una tarde viendo vídeos». Por otra parte los chicos han estado hablando, y antes de que pudiera advertir a Sean que mantuviera la boca cerrada ya había dicho a varios de sus amigos que tú lo habías sorprendido «con una niña rica». Estos se lo habrán contado a otros amigos adornando ligeramente la historia, como suele ocurrir. Y seguramente hay otros que te vieron llegar a la fiesta, y se preguntarán...

–Oh, no... –suspiró Anya, empezando a comprender la enormidad del problema.

–Oh, sí. Confía en mí, Anya. Este es mi terreno profesional. Siempre es mejor ser la fuente de la información que su víctima. Si empiezan a correr rumores, no nos conviene que parezca que hemos intentado tapar nada, porque eso significaría que hay algo que tapar. Tal y como están las cosas, solo tú y yo sabemos lo que pasó en esa habitación, y mientras los dos nos ciñamos a nuestra versión, no habrá ningún problema. Siento no haber podido esperar a que me dieras tu aprobación, pero era muy importante hacer una declaración preventiva antes de que empezara a circular ningún rumor que pudiera afectar a tu reputación o que algún padre protestara.

¿Debía confiar en él? Anya tomó otro sorbo de té. Probablemente, no tenía elección, y todo lo que había dicho Scott tenía bastante sentido. Pero de repente cayó en la cuenta de que había olvidado lo más importante. Su cuerpo volvió a tensarse instintivamente.

—Bien, ¿entonces admites que lo que yo dije era la verdad? ¿Que te equivocaste conmigo?

—No puedes culparme por... —se detuvo al ver el ceño fruncido de Anya e inclinó lentamente la cabeza—. En esta ocasión, sí, me equivoqué.

Era evidente que no estaba acostumbrado a retractarse y que estaba haciendo un gran esfuerzo, lo que produjo a Anya un intenso e inesperado placer.

—Y lamento tener que hacerte pasar un último mal trago, aunque creo que estarás de acuerdo en que es algo que se debe hacer.

El «mal trago» resultó ser una disculpa formal de Sean, que murmuró unas palabras avergonzado mientras su tío observaba con las manos cruzadas en la espalda.

—No me acuerdo de lo que parece que hice, pero mi tío Scott me ha dicho que me porté como un mocoso malcriado, así que, bueno, lo siento mucho... Y gracias por ayudarme cuando me puse malo.

Para no prolongar su tormento Anya aceptó la disculpa como quitándole importancia. Sinceramente esperaba que no hubiera malos sentimientos por aquello, y al no detectar el menor asomo de burla en su expresión supuso que el vacío de su memoria acerca del episodio era genuino.

—Muy inteligente, hacerle sentirse como un crío

que ha hecho el ridículo, y no como un macho rebelde e indisciplinado –comentó a Scott después de retirarse Sean–. Quizá se lo piense dos veces la próxima vez.

–Eso espero. Quiere dedicarse al rugby profesionalmente, y tiene talento, pero ya veremos si tiene también la constancia y el temperamento necesarios. No lo sé. Su problema es que se siente una estrella, y espera que todo el mundo lo trate de otra forma por eso. Ahora está dolido porque le he castigado tres semanas sin salir, lo que significa que se perderá las dos primeras semanas de entrenamientos del semestre. Supongo que te pareceré demasiado blando.

Habían llegado hasta la puerta, donde Anya encontró sus botas inmaculadamente limpias.

–En realidad creo que haces bien al no excederte –dijo al percibir en el irónico comentario una inseguridad latente, como si estuviera pidiendo su opinión de educadora–. Lo único que me preocupa es lo de las drogas...

El rostro de Scott se ensombreció visiblemente.

–Eso lo hemos tratado como algo totalmente aparte. Me siento inclinado a creer que era la primera vez, como él dice, porque está radicalmente en contra de cualquier cosa que pueda afectar a su salud o su forma física, pero aun así es algo que sus padres tendrán que tratar con él cuando regresen.

El tratado de paz que parecían haber firmado estuvo a punto de romperse de nuevo cuando Scott se negó a permitir que Anya volviera caminando a su casa, a pesar de su insistencia en que estaba perfectamente recuperada de su pequeño accidente. Ante la amenaza de acompañarla durante todo el camino a pie, Anya acabó accediendo a subir al Jaguar plateado que los transportó hasta su casa rápidamente.

Encerrada en aquel pequeño espacio con él, se sentía mucho más vulnerable, y su cuerpo parecía responder a cada movimiento del cuerpo de aquel hombre, por imperceptible que fuera. Empezó a temer que, al llegar, él intentase continuar la conversación. No podía negarse a invitarlo a pasar, y sabía que si entraba en su casa le resultaría mucho más difícil quitárselo de la cabeza.

Fue un alivio, y a la vez una decepción, que Scott la dejase en la entrada del sendero que conducía a la casa, como ella le había pedido. Tras una fugaz ojeada a su reloj, le aconsejó que respondiera a las preguntas de Mark sin entrar en detalles innecesarios y que intentase quitarle importancia al episodio, en lugar de mostrar enfado o preocupación.

Capítulo 5

QUE vas a qué? —exclamó Anya poniéndose en pie de un salto sin dar crédito a lo que oía. Las dos tazas de café temblaron sobre la mesa de la cocina.

Mark Ransom alzó las manos en gesto defensivo.

—Mira, no es nada oficial, no aparecerá en tu expediente ni nada parecido...

—¿Me vas a suspender de empleo y sueldo?

—No, no es nada de eso —se apresuró a decir él apesadumbrado.

Mark era un hombre delgado y fibroso de altura media que no hacía a Anya sentirse pequeña y vulnerable, como otros. Tenía treinta y siete años, pocos para ser el jefe de estudios de un centro tan grande, y parecía más maduro de lo que correspondía a su edad. A Anya le gustaba por su seriedad y dedicación hacia sus alumnos, y cuando sus muestras de amabilidad habían dado paso a tímidos intentos de un acercamiento más personal, ella se había sentido relativamente optimista en cuanto al futuro de una posible relación.

¡Hasta ahora!

Al dejarla Scott en su casa había echado un vistazo al buzón y allí había encontrado una nota escrita a mano por Mark: *Anya, he venido a verte pero no estabas. Llámame al móvil cuanto antes.*

Las palabras «cuanto antes» estaban subrayadas dos veces, y tan pronto como se había cambiado la ropa arrugada y llena de tierra por una falda y una blusa que le cubrían la mayoría de los rasguños, había llamado a Mark, que había aparecido en la puerta de su casa tan pronto como había podido terminar la comida de trabajo.

—Es una medida preventiva, nada más. Solo quiero que estés preparada si tengo que pedirte que te tomes un tiempo libre al principio del semestre —explicó sin dejar de alisarse la corbata, en un gesto característico de impaciencia. Dado que Anya y él nunca habían discutido, no estaba acostumbrado a que ella cuestionara su autoridad—. Pero probablemente no será necesario. Para cuando empiecen las clases todo esto se habrá olvidado.

—¿Probablemente? —dijo Anya sin dejar de moverse de un lado a otro por la pequeña cocina—. Me has dicho que Sco... el señor Tyler te dijo que era una fiesta privada, y yo te he explicado por qué estaba allí. No sé a qué viene todo este revuelo.

No le había mencionado la llamada de Liz, ni su precipitada visita a Los Pinos, ni por supuesto Mark imaginaba que pudiera haber tomado la iniciativa.

—El caso es que he recibido una llamada de Adrienne Brinkman esta mañana, y me ha comentado que ha tenido que castigar a dos alumnas de Eastbrook a las que al parecer llevaron a una fiesta salvaje unos chicos del equipo de rugby de Hunua.

Anya giró en redondo furibunda.

—¡Esas crías estaban en un campamento, pero los chicos de Hunua estaban de vacaciones! El instituto no tiene nada que ver con...

—Ojalá fuera así —interrumpió Mark sombríamente–. Esta mañana también me ha llamado una madre diciéndome que al parecer su hijo, que llegó borracho a casa, se había enterado de que había una fiesta en el foro del instituto en Internet, de modo que el instituto sí tiene que ver. Ahora tenemos que averiguar quién envió el mensaje. Y también quería saber por qué, si había una profesora del instituto controlando la fiesta, no se confiscó todo el alcohol.

–¡Pero yo no estaba controlando la fiesta!

–Lo sé, pero este tipo de rumores son los que van a circular si no convencemos a todo el mundo de que se están investigando a fondo los hechos. Ya sabes el cuidado que debemos tener los profesores cuando se sospecha que tenemos una mala influencia sobre los alumnos. Tenemos que mantener la autoridad moral.

Anya no pudo evitar recurrir a la relación personal.

–El hecho de que tú puedas responder de mi integridad tiene que significar algo, ¿no? Por Dios, Mark, estamos saliendo juntos...

–Ya, bueno, eso es parte del problema, ¿no lo entiendes? –dijo él incómodo–. Si tapo esto como si no hubiera pasado nada, la gente pensará que es por lo que hay entre nosotros. En estas circunstancias es muy importante que piensen que soy imparcial. ¿Lo comprendes?

Por desgracia lo entendía muy bien.

–¿Eso significa que no vas a llevarme a cenar esta noche? –preguntó secamente. Las citas anteriores habían sido informales, pero aquella noche Mark había reservado una mesa en el mejor restaurante de la comarca.

Él se metió las manos en los bolsillos sin saber adónde mirar.

–Si no te importa... creo que es mejor dejarlo para otro momento, ¿no te parece?

Ella se guardó para sí lo que pensaba y asintió con una sonrisa.

–Es ridículo, lo sé, pero ya sabes lo paranoicos que pueden ser algunos –dijo él visiblemente aliviado, como si hubiera esperado mayor resistencia por su parte. Miró la taza de café casi intacta y Anya se dio cuenta de que se moría por salir de allí–. Te mantendré informada, pero como te he dicho, tranquila. Todo esto quedará en nada... Por cierto, estaría bien que intentaras llevarte mejor con Scott Tyler, en lugar de discutir con él cada vez que le ves –se permitió añadir a modo de consejo de camino a la puerta–. Ya sé que te lo hizo pasar mal en la entrevista, pero él es así. Estoy seguro de que no es nada personal. Y en este asunto tenemos que presentar un frente unido.

Anya cerró la puerta suavemente al salir él, aunque le habría gustado cerrarla de una patada. Volvió a la cocina y tiró los dos cafés al fregadero pensando que su bien planificada vida había caído en un nuevo bache, esta vez más serio que los anteriores. ¿Y qué? Sobreviviría, igual que había sobrevivido otras veces. Aquella era su casa e iba a luchar por ella. Giró en redondo con los puños apretados y vio a través de la ventana que Mark aún no se había ido. Estaba en su coche con el codo apoyado en la ventanilla hablando con dos personas que se habían acercado por el sendero. Eran Scott Tyler y su hija. Habían dejado el llamativo Jaguar plateado aparcado en la calle, delante del sendero.

Salió de la casa y se dirigió hacia ellos intentando no parecer nerviosa. ¿Habría dicho algo Scott de la visita de aquella mañana?

–Le estaba diciendo a Mark que he pensado que sería buena idea que usted y yo enterrásemos el hacha de guerra –dijo él antes de que pudiera abrir la boca–. Quería disculparme en persona por haberla involucrado en los problemas de mi sobrino, y mi hija se puso como una loca al saber que era prima de una pianista de fama internacional y ha querido acompañarme. Petra toma clases de piano –añadió empujando suavemente hacia delante a la adolescente con una de sus grandes manos.

–Bien, entonces yo os dejo –dijo Mark lanzando a Anya una mirada de complicidad, como si de alguna forma hubiera propiciado el encuentro.

Anya estaba demasiado desconcertada por la alusión a Kate y apenas reparó en que Mark se alejaba.

–¿Qué hacéis aquí realmente? –preguntó ella suspicaz. Él estudió su tensa expresión con gesto concentrado.

–¿Cómo estás? ¿Ha aparecido alguna nueva lesión?

–No. ¿Para eso has venido, por si tenía un traumatismo cervical y decidía demandarte?

–Parece que estoy adquiriendo la molesta costumbre de traerte a mis familiares para que te pidan disculpas –dijo él con un suspiro–. Adelante, Petra.

Sin añadir una palabra más, se dio media vuelta y volvió a su coche, abrió el maletero y se puso a buscar algo dentro. Anya lo observó un momento y a continuación miró a la adolescente, que se encogió de hombros y le dedicó una pícara sonrisa.

–Lo siento. Lo sabe todo. Supongo que me lo imaginaba, pero valía la pena intentarlo.

–¿Has confesado tú o se ha enterado él? –preguntó Anya mientras por el rabillo del ojo veía acercarse de nuevo a Scott.

–Las dos cosas, en realidad...

–Volví a echar un vistazo al sendero de la casa por

si realmente había algo que pudiera suponer un riesgo para la seguridad –explicó su padre al reunirse con ellas– y vi que había demasiadas hojas en el suelo. Al levantar la vista reparé en la enredadera desprendida desde la ventana de Petra, y dado que tú no me pareciste una ladrona, no hacía falta ser un genio para entender lo que había pasado. Y tú me dijiste que te habías caído –añadió dirigiendo a Anya una mirada acusadora.

–Y así fue. Simplemente no mencioné que había sido porque Petra se había caído encima de mí –dijo ella con una sonrisa. Entonces reparó en el objeto que él llevaba bajo el brazo–. ¿Qué es eso?

–Una batería nueva para tu coche. La he recogido en el garaje de camino hacia aquí –dijo él levantándola como si fuera una pluma. Anya observó que en la otra mano llevaba una bolsa de herramientas.

–Gracias, pero ya he quedado con el mecánico para que venga a ponérmela –dijo ella molesta.

–No. Le he dicho a Harry que no hace falta. ¿Por qué pagar por algo que te pueden hacer gratis?

–¿Es que sabes cambiar una batería? –preguntó ella con incredulidad. Scott llevaba los mismos pantalones oscuros, pero había cambiado la camisa por una ajustada camiseta de cuello de pico, sencilla pero obviamente muy cara. No tenía el aspecto de alguien que pasa mucho tiempo bajo el capó de un coche.

–Todos los hombres nacemos con conocimientos básicos de mecánica. Es algo genético. En mi caso en sentido literal. Mi padre fue mecánico hasta que murió mi madre y decidió dedicarse profesionalmente al alcohol. Entonces, me tocó a mí mantener abierto el taller de la familia –explicó mientras se dirigía hacia la puerta del garaje–. ¿Por qué no te llevas a Petra adentro, y que siga pidiéndote disculpas mientras yo cambio esto?

Petra ya se dirigía hacia la casa por el sendero antes de que terminase de hablar. Anya vaciló antes de seguirla.

–¿Qué te debo por la batería?

–Nada.

–Nada se da a cambio de nada.

Él se detuvo delante de la puerta del garaje y giró en redondo.

–¿Te parece poco la vida de mi hija?

Anya dio un paso atrás mentalmente al reparar en que hacía solo una semana que Scott conocía a su hija, y aunque hubiera aceptado catorce años atrás el hecho de que era padre, no podía haber estado preparado para el enorme impacto emocional que debía de haberle producido el encuentro.

–Solo quería decir que no quiero estar en deuda contigo –dijo incómoda.

–¿Crees que a mí me gusta estar en deuda contigo? –preguntó él mirándola fijamente.

–No lo sé –confesó ella con tono más suave–. Supongo que no. Me imagino que desde que ha llegado Petra no debes de estar muy seguro de lo que sientes acerca de nada.

–Deja de intentar meterte en mi cabeza –gruñó él–. No soy uno de tus alumnos.

–¡Gracias a Dios!

–Soy un hombre hecho y derecho y voy a mancharme las manos haciendo un trabajo de hombres. ¿Por qué no te vas a tontear a la cocina, o a hacer lo que sea que hacéis las niñas cursis mientras otros hacen el trabajo sucio por ellas?

–¡¿Cómo puedes ser tan machista?! –exclamó Anya

con ojos relampagueantes–. ¡Yo no te he pedido que te manches las manos por mí!

–No, y en eso eres como tu prima. Kate nunca pedía nada, pero siempre se las arreglaba para dejar muy claro lo que esperaba. Y tiene esas manos tan finas porque siempre ha habido alguien que acabase pagando por el privilegio de cumplir con sus expectativas. Si no hubiera tenido papeles que lo demostraban, jamás habría creído que había crecido en una granja.

Anya se estremeció ante la exactitud del retrato.

–Mi vida y mis principios son completamente diferentes de los de Kate, así que no te atrevas a compararnos –dijo con voz temblorosa de ira reprimida–. Quizá no sepa cambiar una batería, pero sé cambiar una rueda y comprobar el aceite, como casi todo el que tiene un coche. ¡Y no soy una cursi! –añadió antes de poder morderse la lengua.

En los labios de Scott se dibujó lentamente una sonrisa y un brillo burlón apareció en sus ojos azules.

–A mí me lo pareces. Incluso con esa ropa interior verde tan sexy y esos pechos tan apetitosos que pedían a gritos que los besaran me parecías más una buena chica pícara que una vampiresa. Aunque hay hombres a los que les excitan las cursis...

El rostro de Anya aún tenía un intenso color púrpura cuando cerró la puerta de la casa de un portazo y vio a Petra curioseando entre sus CDs.

–¿Hay algún problema? –Petra levantó la vista y el anillo de su nariz lanzó un destello.

–¡Sí! ¡Ese... ese hombre!

–¿Qué hombre? –la adolescente miró a su alrededor alarmada.

–¡Tu padre! –estalló ella como si pronunciara el peor de los insultos.

–Oh –los ojos de Petra brillaron de curiosidad–. ¿Qué pasa? Creía que te estaba haciendo un favor.

–Sí, pero no sé por qué tiene que darse siempre esos aires de... superioridad.

–Bueno, supongo que debe resultarle difícil no dárselos. Si no fuera tan... superior...

Anya la miró un momento desconcertada hasta que se dio cuenta de que le estaba tomando el pelo.

–¿Sabes? Cuando te pones sarcástica te pareces a él. Deberías tener cuidado, a tu edad no es bueno ser tan cínica.

–¿De verdad crees que me parezco a él? –preguntó Petra con demasiado desinterés.

–A veces. Y también tienes sus ojos. ¿Cuál es el color natural de tu pelo?

–Castaño. Demasiado normal –dijo frunciendo el ceño mientras se llevaba la mano al pelo–. Cuando me hice esto, a mi madre casi le da algo. Pero es que quiero ser diferente.

–¿Tanto como para escaparte de casa?

–Mamá nunca me hablaba de mi padre. Ni siquiera aparece en mi partida de nacimiento. Yo quería conocerlo, pero sabía que no me ayudaría, así que estuve buscando entre sus cosas viejas y encontré una carta de cuando nací. Mi padre le pedía fotos mías, pero ella ni le contestó. Busqué su nombre en Internet y me enteré de que era un abogado famoso. ¿Sabías que su bufete tiene una página web? No le dije que venía porque no sabía cómo iba a reaccionar, y pensé que si me plantaba aquí tendría que verme. Pero luego resultó que él también quería conocerme. Ahora está un poco paranoico con lo de ser padre y todo eso, pero por lo demás es un tipo majo. Y está macizo para ser un viejo.

–No es un viejo –respondió Anya automáticamente.

Petra le dirigió una mirada de complicidad.

—¿Entonces piensas que es joven y macizo?

—No pienso nada de él —dijo Anya sin caer en la trampa—. ¿Quieres oír alguno de esos discos?

Petra aceptó el cambio de tema encogiéndose de hombros.

—Estaba pensando pedirte prestados estos cuatro de Kate Carlyle. Papá dice que es tu prima. ¿Eso quiere decir que te los dan todos por la cara?

Anya se echó a reír.

—Cuando Kate empezó a grabar discos, sí me los mandaba, pero ahora que es algo tan habitual ya ni se molesta.

—Pues vaya rollo. ¿Entonces tienes que comprarlos como todo el mundo?

—Sí, pero mis padres me mandan muchos discos de ópera. Mira —señaló toda una sección de CDs. En realidad se los mandaba Alistair Grant, normalmente sin una mísera nota de acompañamiento—. Mi madre es soprano, y viaja mucho por Estados Unidos, y mi padre es director de orquesta. Tu padre me ha dicho que tomas clases de piano.

Anya sintió que se le erizaba el vello de la nuca y al volverse vio que Scott estaba apoyado en el marco de la puerta. ¿Cuánto tiempo llevaría allí, escuchando la conversación?

—Sí que te has dado prisa.

—Te dije que sabía lo que hacía. Si no te importa, me gustaría lavarme un poco —dijo él mostrándole las manos sucias de grasa.

—Por supuesto.

Lo condujo hasta el luminoso cuarto de baño verde y blanco y le indicó el lavabo con un gesto, pero él ya estaba observando la gran bañera de patas, con espacio más que suficiente para dos, la variada colección de frascos de cristal con sales y aceites de baño que decoraban los estantes y las grandes velas perfumadas repartidas por todas partes.

—No te atrevas a decir ni una palabra —le advirtió.

—¿Ni siquiera si tienes líquido desengrasante? —preguntó él con gesto inocente—. No me gustaría mancharte esos jaboncitos tan monos.

«...esos pechos tan apetitosos que pedían a gritos que los besaran...»

Estaba intentando avergonzarla deliberadamente.

—Creo que aquí hay un poco.

Anya alargó el brazo para abrir la puerta del armarito, pero Scott estaba en medio, y no se apartó, sino que dejó que su brazo le rozara el pecho y estuvo examinando con interés el contenido mientras ella buscaba nerviosamente el líquido en cuestión.

—Se sabe mucho de la gente por su cuarto de baño —dijo él—. Por ejemplo, tienes buena salud, no tomas más pastillas que las estrictamente necesarias, en este momento te mantienes célibe, cuidas mucho de tu delicada piel, y te gusta estar muy, muy limpia —añadió con una mirada provocativa hacia la gran bañera.

¿«Te mantienes célibe»? Aquel estúpido comentario se basaba sin duda en la ausencia de anticonceptivos en el armarito del baño, lo cual era ridículo, ya que muchas mujeres los guardaban en la mesilla de noche. Al menos era donde ella los guardaba durante aquellas vacaciones en Nueva York después de su graduación, cuando pensaba ingenuamente que Alistair iba a ser el amor de su vida, antes de que Kate se cruzara en su camino y de repente las atenciones de Anya se convirtieran en una molestia para él. Por fin encontró el maldito líquido y cerró de un golpe la puerta del armarito, que estuvo a punto de pillarle la nariz.

–Cuidado, ya me la rompieron una vez –dijo él alzando una mano para protegerse.

–¿Un cliente descontento? –bromeó ella con acidez.

–Un padre furioso.

–¿Tuviste una pelea con tu padre? –preguntó repentinamente impresionada.

Él abrió el grifo con el codo y empezó a frotarse vigorosamente las manos con el líquido desengrasante.

–Él pegaba y yo esquivaba... Hasta que crecí lo suficiente para no tener que huir.

–Lo siento... –dijo ella apesadumbrada.

–Siéntelo por él, no por mí. Yo tenía un futuro hacia el que avanzar. Él no tenía nada.

Scott había terminado de lavarse y aguardaba con las manos chorreantes sobre el lavabo como un cirujano que espera la ayuda de su asistente. Anya le pasó apresuradamente la suave y enorme toalla de baño que había en el toallero. Después de secarse las manos, se acercó la toalla a la cara e inhaló profundamente el ligero perfume que aún conservaba la toalla del baño de la noche anterior.

–Mmm... Delicioso. Eres una mujer realmente sensual, señorita Adams.

–Creía que ibas a llamarme Anya –protestó ella.

–Creo que me gusta más «señorita Adams». Suena tan...

–¡No lo digas!

Anya sabía lo que iba a decir y su mano voló instintivamente hacia la boca de Scott para intentar evitarlo. Aquellos ojos azules chispearon traviesos por encima de su mano, como aceptando el desafío.

–Cursi –murmuró apagadamente presionando sus labios bajo la mano en un leve beso.

Ella apartó la mano con rapidez y se la frotó contra la falda, pero el calor íntimo de su aliento no desapareció. Él dobló la toalla y volvió a colocarla pulcramente en el toallero.

–No tenías por qué hacer eso. Va a ir directamente a la lavadora.

–¿Temes que te la haya contaminado?

Entonces vio que se había manchado de grasa el bajo de la camiseta. Sacó el pañuelo del bolsillo e intentó limpiarla, pero solo consiguió extenderla más.

–Ahora sí que no va a salir –sentenció ella.

–Tú eres una experta en quitar manchas –bromeó él–. ¿Me la quito? Puede que si me la lavas ahora mismo... –hizo ademán de quitársela, y Anya vio por un instante un vientre bronceado y liso y un ombligo rodeado de un vello deliciosamente denso y rizado.

–¡No pienso lavarte la ropa! –exclamó ella retrocediendo hacia la puerta.

–Solo era una excusa. Pensé que quizá querrías verme medio desnudo. Así estaríamos en paz –murmuró Scott avanzando hacia ella.

–Si quisiera tomarme la revancha, te demandaría por todo el dolor y el sufrimiento que me habéis causado tu familia y tú –Anya sabía que era un golpe bajo, pero le daba igual–. Después de perder mi trabajo y mi reputación, no tengo nada que perder si te llevo a los tribunales, ¿no crees? Seguro que puedo sacarte dinero suficiente como para no volver a trabajar en mi vida.

La sonrisa arrogante desapareció del rostro de Scott y sus ojos se entrecerraron.

–¿Cómo que has perdido tu trabajo? ¿Qué demonios te ha dicho Ransom?

–Que quizá tenga que suspenderme de empleo y sueldo si las cosas se complican.

Él dejó escapar un juramento entre dientes.

–No puedes hablar en serio.

–¿Te parece que hablo en broma? –a continuación le expuso brevemente los argumentos de Mark–. Si las cosas se complican más, puede que sea el fin de mi carrera. Una investigación oficial constaría en mi expediente, y aunque quedara completamente limpia de cualquier sospecha, esas cosas siempre quedan. Y aunque no pase nada más, tendré que luchar para limpiar mi reputación.

–¿Es que Ransom no se da cuenta de que actuando así empeora las cosas? Esto acabará en los periódicos si no tiene cuidado.

–Bueno, más dinero tendrás que pagarme entonces, ¿no crees? El caso es que empieza a dolerme el cuello. Seguro que por un collarín tendrías que pagar unos cuantos miles más... –Anya se frotó la nuca con una mano y dejó escapar un lánguido gemido.

El rostro de Scott se ensombreció aún más.

–No hagas amenazas que no estás dispuesta a cumplir –dijo en un tono levemente desdeñoso. Anya se revolvió.

–Puedo cumplirlas y lo sabes. Admitiste tu culpabilidad con tus disculpas. Ni siquiera necesito un buen abogado para ponerte una demanda civil. Prácticamente podría llevarlo yo misma y ganaría.

–Me gustaría verlo –gruñó él–. Te comería viva en cualquier tribunal del país. Podrías tener al juez en el bolsillo y no conseguirías sacarme ni un centavo.

–¿Quién amenaza ahora? ¿Realmente creías que podías comprarme con unas simples disculpas? –al principio solo estaba bromeando. Quería darle una lección. Pero empezó a pensar si no habría algo de verdad en lo que estaba diciendo.

Él se cruzó de brazos y enarcó levemente una ceja. Cuando habló, su voz era seria y pausada.

–Muy bien. Te propongo un trato. No es negociable, simplemente di sí o no. Si renuncias a demandarme, utilizaré toda mi influencia y mi poder económico y legal para asegurarme de que salgas de esta situación exactamente con la misma reputación, estatus, puesto y expectativas que tenías antes...

–¿Crees que puedes conseguirlo?

–Déjame terminar. Si lo consigo, no conseguirás ni un centavo... aparte del extremadamente generoso sueldo que estoy dispuesto a pagarte por dar clases particulares a Petra mientras viva en mi casa. Eso no solo probará que cuentas con todo mi apoyo y confianza como profesora, sino que además servirá para hacer algo acerca de las terribles notas que según su madre está sacando Petra. Lorna piensa que necesita atención más individualizada, algo que dudo que vaya a recibir en el instituto. Y dado que, en sus tiempos, Lorna era una excelente profesora, confío plenamente en su criterio.

Anya sintió que la cabeza empezaba a darle vueltas.

–¿Tu... la madre de Petra era profesora?

–Oh, ¿no lo había mencionado? –dijo él con suavidad–. Su carrera terminó abruptamente cuando admitió que había estado manteniendo una relación con un estudiante de primer curso de la universidad donde enseñaba. Le permitieron que renunciara al cargo para evitar un escándalo.

–¿Quieres decir...? –Anya se sentía como si se hubiera tragado una pelota de golf–. ¿Quieres decir que cuando... que era tu profesora?

–De Estadística. El sexo era estrictamente extraacadémico. Yo saqué un 9,7 en el examen final, para alivio del Claustro de Profesores, y ella consiguió la hija que quería, aunque de esto no llegó a enterarse nunca el Claustro. Supongo que podría decirse que fue una relación beneficiosa para los dos. Con un precedente así, entenderás mi reacción cuando te encontré con Sean en la fiesta. Los profesores a veces hacen cosas inmorales, Anya.

–Sí... Supongo que sí –balbució ella, a sabiendas de que aquella revelación la había dejado indefensa ante su adversario.

–¿Entonces qué dices? ¿Hay trato o no?

–Solo has mencionado lo que pasará si consigues rehabilitarme –dijo en un último esfuerzo por dominar el torbellino de emociones que se había desatado en su interior–. ¿Y si no lo consigues?

–Si es así, tú pones la cifra de la compensación –declaró con aplomo–. Pero eso no va a ocurrir. Siempre consigo lo que me propongo. No lo olvides, Anya. Nunca me rindo y nunca cedo. De una forma u otra, me saldré con la mía. Así que tú decides. ¿Sí o no?

Capítulo 6

¿SABES? Con lo bien que te expresas no entiendo cómo sacas notas tan bajas en asignaturas en las que hay que redactar –dijo Anya tras dejar la página que acababa de leer sobre la hierba–. La gramática y la puntuación pueden mejorar, pero tienes una creatividad desbordante.

–Mis profes dicen que demasiada. Pero es que mis ideas son demasiado radicales para ellos –respondió Petra alegremente entre mordiscos a la manzana que acababa de arrancar del árbol a cuya sombra estaban sentadas.

Scott había insistido en que dieran las clases en la casa, pero durante los tres últimos días Anya había descubierto que las clases tradicionales con mesa y sillas tendían a descentrar a Petra. Y dado que Sean siempre andaba dando vueltas por la casa como un león encerrado y las amistades de Samantha no dejaban de entrar y salir, había llegado a la conclusión de que el huerto de árboles frutales que se extendía detrás de la casa era el lugar perfecto para que Petra se relajase y se abriese, en lugar de ver las clases como una obligación inaguantable.

De vez en cuando, veían a Scott entrar y salir en su Jaguar, probablemente para asistir a juicios o entrevistas con clientes, aunque cada vez parecía pasar más tiempo trabajando en su estudio. O intentándolo.

–Es por mí –le había dicho Petra a su nueva profesora en tono confidencial el segundo día–. Sam dice que antes no le veían el pelo, que siempre estaba en el bufete, pero ahora intenta pasar más tiempo conmigo. Ya sabes. Vi en su estudio un libro que se había comprado: *Educar a los adolescentes en el nuevo milenio*, o una tontería así.

Anya se había pasado por la secretaría del instituto para pedirle a Liz Crawford los programas de las clases de Petra y fotocopiar algunos textos que podían hacerle falta.

–Está claro que es muy inteligente –le había comentado a su amiga–. Pero no pone interés en los estudios. La música es lo único en lo que parece concentrar sus esfuerzos.

Liz había sacudido la cabeza mientras le pasaba las fotocopias.

–Es que no aprendes. Primero el campamento y ahora esto. Creía que ibas a ser un poco más egoísta el resto de las vacaciones. ¿No estabas preparando ese trabajo tuyo?

–Eso puedo hacerlo por las mañanas. Y después de comer voy a Los Pinos. Además, estoy siendo egoísta. Hago esto para que la gente vea que gozo de la confianza del gran asesor legal del instituto y que no soy una mala influencia para los chicos. Y parece que está funcionando. No te imaginas cuánta gente me llama diciendo que se han enterado de que estoy dando clase a la hija de Scott.

–¡Ja! Si te llaman es para sacarte información –había sido la respuesta de Liz–. Que Scott Tyler tenga una hija de catorce años que nadie conocía es una novedad por aquí. Espero que no sea un problema para ella ser el centro de atención, porque va a serlo, al menos los primeros días de clase.

–Oh, lo llevará bien –había murmurado Anya, y al mirar ahora a Petra se preguntaba si sus palabras no deberían haber sido «Se muere de ganas».

Ahuyentó con la mano una mosca que intentaba posarse en su rodilla. El verano se estaba prolongando, y se había puesto un ligero vestido sin mangas para combatir el calor.

–Deberías considerar la redacción como la música, un lenguaje con unas normas que debes seguir para poder expresar tus ideas en determinado medio, y así tu público apreciaría...

–Vale, vale, lo entiendo –dijo Petra–. Crees que presto demasiada atención a una sola cosa. Mi madre piensa lo mismo. Dice que no debo poner todos los huevos en la misma cesta y que es muy difícil vivir de la música. Mi padre y ella... Mi otro padre, Ken, el que está casado con mi madre...

–No sabía que tu madre estaba casada.

–Sí, cumplieron su décimo aniversario hace un mes –explicó mientras recogía otra manzana del suelo y la frotaba contra su camisola negra–. Tengo dos hermanos pequeños. Ken es un buen tipo. Tiene una tienda de deportes. Bueno, pues ella y mi padre dicen que si tomo menos clases de piano podré dedicar más energía a otras cosas, pero esto no funciona así.

Petra tiró la manzana en el regazo de Anya, sobre el dibujo de flores granate del sencillo vestido verde oscuro.

«¡Eso es!» pensó Anya. ¿Era aquella una de las razones de que hubiera dado el salto desde Australia?

–Es una profesión muy dura –la advirtió–. Hay que tener mucha suerte, además de mucho talento y ambición.

–Yo tengo talento. Y soy ambiciosa.

–No me digas... –Anya recogió la manzana de su falda y la observó pensativamente–. No estarás intentando poner a la profesora de tu parte, ¿verdad?

–¿Funcionaría? –aventuró Petra con una sonrisa.

–Jamás –sentenció Anya antes de clavar sus dientes en la fruta.

De repente, se iluminó la mirada de Petra, aunque a continuación adoptó un aire indiferente.

–Hola, papá.

–¿Puedo acompañaros, o interrumpo la lección en un punto crítico? –preguntó Scott mientras se dejaba caer en el suelo junto a ellas.

–No. La señorita Adams me estaba felicitando porque he escrito una redacción fabulosa –anunció Petra aprovechando que Anya tenía la boca llena.

En aquel preciso momento, unas gotas de zumo de la manzana resbalaron de sus labios y Anya se llevó una mano hacia la barbilla.

–Permíteme –dijo Scott, al tiempo que sacaba un pañuelo, pero en lugar de ofrecérselo le levantó la barbilla con la otra mano y se la secó con cuidado sin dejar de observar de cerca aquellos labios rosados y húmedos. Parte del jugo había acabado en sus dedos, que se lamió con naturalidad–. Mmm... Justo como me gusta, dulce pero un poco ácida.

Un rato antes lo habían visto de traje, pero ahora llevaba una camisa hawaiana azul y unos vaqueros. Era evidente que no se había pasado simplemente para saludar.

–Gracias –murmuró Anya después de tragar el resto del bocado. Miró la manzana que tenía en la mano. De repente, se le había quitado el hambre.

–Te lo cambio –dijo Scott mientras depositaba su pañuelo sobre la pegajosa mano de Anya y tomaba la manzana. Dio un lento bocado justo por donde había mordido ella y se tendió en la hierba de lado con la cabeza apoyada en la otra mano. Anya se apresuró a doblar las piernas en dirección contraria–. ¿De qué estabais hablando?

Como era de esperar, Petra no quería hablar de clases.

–La señorita Adams me estaba hablando de cuando era pequeña y esto era una granja. Daba de comer a los cerdos, y ordeñaba las vacas con las manos y cosas así.

–Así que antes de ser profesora fuiste una sonrosada granjera –dijo él con una sonrisa desde detrás de la manzana.

–Entonces solo era una cría, pero la verdad es que no me habría importado ser granjera.

–¿Granjera... o esposa de un granjero? ¿Es por eso por lo que te has mudado al campo, para buscar marido en la región? –se burló él.

–No considero el matrimonio un medio válido de conseguir lo que busco en la vida. Me parece algo más serio que todo eso –respondió ella con aire ofendido.

–La señorita Adams es una romántica –explicó Scott a su hija–. Quiere casarse por amor, y no por dinero. Aunque supongo que, finalmente, como casi todo el mundo, descubrirá que es mejor confiar en el respeto mutuo y el afecto.

–Un punto de vista un poco cínico...

–Como tú señalaste en otra ocasión, cada uno es producto de su experiencia. Supongo que tus padres siguen formando una pareja sólida...

–Por lo que yo sé, así es –dijo ella con firmeza–. Pasan mucho tiempo separados por su profesión, pero eso no parece haber debilitado su relación.

–Con tantos viajes y conciertos, no debía de quedarles mucho tiempo para criar a una hija.

–La señorita Adams tuvo niñeras, tutores y profesores de música desde que era pequeña hasta que fue al internado –intervino Petra.

–¿Y eso te gustaba?

Anya negó con la cabeza.

–No, la verdad es que no. Era muy tímida, y a menudo me ponía enferma cuando estábamos de viaje. Lo único que me gustaba era leer.

–Yo siempre leía con una linterna bajo las mantas –dijo Scott, y Anya le dedicó una sonrisa de complicidad.

–Mi niñera siempre me registraba la cama antes de apagar la luz.

–¿También venía tu niñera cuando estabas aquí? –preguntó Petra.

–No, mis tíos cuidaban de mí.

–Y la prima Kate... –murmuró Scott en aquel tono neutro que no dejaba de intrigar a Anya.

–La prima Kate no tardó en llegar a la conclusión de que a mí me encantaba hacer los trabajos que ella no soportaba –dijo Anya con desenfado.

Poco rato después y animada por las relajadas preguntas de Scott sobre la vida en la granja, les contaba cómo pocos años después de la muerte de sus tíos se había sentido aliviada al entrar en el internado en Auckland mientras Kate permanecía en Nueva York con sus padres para continuar con sus estudios musicales. Anya empezó a pensar que había sido sometida a un hábil interrogatorio encubierto.

–O sea que tu prima y tú nacisteis con los padres cambiados y al crecer cambiasteis vuestras vidas, solo que tú no pudiste volver a Riverview hasta ahora –reflexionó Petra pensativa.

–Pero tú estabas mucho más unida sentimentalmente a la granja que Kate –dijo Scott quedamente–. ¿No pensaste en la posibilidad de comprarla cuando Kate decidió ponerla en venta? ¿O es que no te dijo nada hasta que ya estaba hecho?

Anya se encogió de hombros mientras trazaba con el dedo el contorno de una de las flores de su vestido.

—Tampoco podía pagar lo que ella pedía...

—Pero era tu prima —Petra dio en el clavo—. ¿No te la habría vendido más barata si le hubieras dicho que la querías tú?

—Era su herencia. No podía pedirle que la malvendiera. Y tenía problemas con Hacienda por impuestos atrasados. Necesitaba el dinero.

Scott frunció el ceño.

—Le ofreciste lo que podías pagar, pero no le pareció suficiente —aventuró—. ¿No podían ayudarte tus padres? Debe de sobrarles el dinero.

—Ellos ya tienen muchos gastos. Yo me he mantenido sola desde que acabé la carrera, y quiero que siga siendo así. Me pagan viajes para que vaya a verlos, y me hacen regalos muy generosos, pero vivimos vidas separadas. Y además, no está bien tratar a los padres como si fueran un banco —Anya no reparó en la expresión de incomodidad que apareció en el semblante de Petra. Scott esbozó una sonrisa triste.

—Así que se lo pediste, pero no te lo dieron.

—¿Quieres dejar de intentar convertirme en Anita la huerfanita? —dijo Anya exasperada—. Me habrían dado el dinero para un apartamento en la ciudad, pero a mí eso no me interesaba. Estoy perfectamente en mi casa. Además, no habría tenido el dinero necesario para hacer los arreglos que requería esta casa.

—¿Entonces no me odias por haberla comprado?

—Eso sería tan absurdo como que tú me odiaras a mí por ser pariente de la persona que te la vendió.

–Tocado –dijo él llevándose la mano al pecho.

–¿Y cuando vivías aquí cuál era tu habitación? –preguntó Petra curiosa.

–El piso de arriba ha cambiado mucho –explicó Anya–. Pero Kate y yo solíamos compartir la habitación del fondo, la que tiene una trampilla que da al desván.

Los ojos de Petra se iluminaron.

–¿Esta casa tiene desván? ¡Genial! ¿Y qué hay guardado dentro?

Anya sintió una punzada de culpabilidad. Todo aquel tiempo había intentado enterrar el problema de Kate en lo más recóndito de su mente, pero reaparecía una y otra vez. Al contratarla para dar clases a su hija Scott le había brindado la oportunidad de recuperar los papeles de su prima, pero para Anya aquello implicaba cruzar una línea invisible, violar su código ético.

–Supongo que un montón de telarañas y muebles viejos –respondió Scott–. Es lo que vi cuando subí a echar un vistazo, y la verdad es que no volví a pensar en limpiarlo.

Al otro lado de la casa empezaron a sonar chapoteos y alegres chillidos, y Petra dejó escapar un suspiro de aburrimiento y resignación.

–Parece que Sam y sus amigos están pasando un buen rato en la piscina. ¿Por qué no vas a darte un baño con ellos? –sugirió Scott. Ella se había levantado de un salto antes de que terminara la frase.

–¿Pero y la señorita Adams?

Él sonrió y Anya sintió que un escalofrío le recorría la columna.

–Yo cuidaré de la señorita Adams.

Petra se despidió alegremente y, cuando se quedaron solos, Anya sacudió la cabeza.

–Es muy inteligente. Cuando se concentra en algo lo domina a la perfección. Y lo agarra todo al vuelo.

–Ya me he dado cuenta –dijo Scott–. Es tremendamente brillante en unas cosas e increíblemente ingenua en otras. No entiendo todo ese atuendo tan agresivo, la ropa negra, el pelo, los pendientes... Y el de la nariz, por Dios... Supongo que debería agradecer que no lleve otro en la lengua y algún tatuaje. ¿Qué pasa? –preguntó al reparar en la enigmática sonrisa de Anya.

–Nada –mintió ella mientras recogía los libros desperdigados por la hierba.

–Dímelo. Ya tienes esa condenada mirada de Mona Lisa. Me estás ocultando algo. ¿Qué es?

–¿De Mona Lisa? –murmuró Anya con los grandes ojos grises muy abiertos.

Él agarró una de sus muñecas con expresión peligrosamente juguetona.

–Sí, esa sonrisa enigmática que baila en tu boca cuando crees que tienes ventaja sobre mí. ¿Qué me estás ocultando?

–No sé a qué te refieres... –empezaba a decir cuando él la tumbó boca arriba sobre la hierba sujetándole las muñecas a ambos lados de la cabeza.

–¿Tienes cosquillas, señorita Adams?

–¡No! –exclamó Anya mientras una risa nerviosa surgía de su garganta.

–Creo que mientes –dijo él, insufriblemente petulante, sujetándole las dos muñecas con una de sus grandes manos mientras empezaba a deslizar los dedos de la otra por sus costillas–. ¿Lo comprobamos?

Anya dejó escapar otra risita reveladora.

–Tu comportamiento es absolutamente inaceptable –dijo, mientras él pasaba una de sus pesadas pantorrillas sobre sus tobillos.

—¿Para quién?

—Para dos personas como nosotros —murmuró ella, y al mismo tiempo notó cómo las caderas de Scott se apretaban contra su costado y su cuerpo se tensaba. Una chispa de deseo empezó a arder en sus ojos.

—¿Y qué somos nosotros exactamente? —musitó él muy cerca de sus labios—. ¿Socios? ¿Enemigos? ¿Conspiradores? ¿Amigos?

—Somos... —Anya fue incapaz de decir nada más. Sus ojos gris humo ardían de curiosidad, y se sentía irresistiblemente atraída hacia el depredador que la tenía inmovilizada.

—¿Por qué no lo averiguamos?

Su mano se contrajo con deliberada intensidad, haciendo que brotara la risa de los labios de Anya, y al instante su boca cayó voraz sobre ellos. Su otra mano ascendía por el esbelto cuerpo de la mujer hasta llegar a su rostro, acariciándolo y atrayéndolo hacia su beso. Sus musculosos pectorales aplastaban aquellos frágiles pechos mientras avanzaba sobre ella e inclinaba la cabeza buscando un acceso más profundo a su boca.

Anya apretaba los puños inmovilizados a la vez que su curiosidad satisfecha se transformaba rápidamente en un deseo incontenible que tensaba su cuerpo como un arco bajo el peso dominante de aquel hombre. Dejó escapar un gemido y Scott reconoció la ardiente excitación de una mujer deseosa de mayores placeres. Sintió el aroma de su arrebatada pasión y su lengua se hundió aún más en el húmedo interior de la boca de Anya, cosquilleando con suavidad sus satinadas y húmedas superficies. La mano que sujetaba sus muñecas se relajó y descendió sinuosamente por sus brazos desnudos. Ella clavó los dedos en sus poderosos hombros.

El sol que brillaba entre las frondosas ramas del manzano creaba una deslumbrante danza luminosa en los párpados cerrados de Anya, que se abandonó a las intensas oleadas de placer que la sacudían, completamente abierta a su insaciable pasión. Los pechos le dolían de tanto apretarse contra el musculoso torso de Scott, que instintivamente parecía saber lo que deseaba. Su gran mano buscó uno de sus pechos y con el pulgar acarició el pezón endurecido, jugueteando con él hasta que Anya dejó escapar un gemido de placer. Entonces lo pellizcó suavemente entre el pulgar y el índice, lo que provocó una explosión de placer entre sus muslos.

Anya estaba desconcertada ante la intensidad de sus sentimientos. Por primera vez en su vida entendía lo que era sentirse «arrebatada por la pasión». Abrió los ojos y contempló los de él, brillantes de deseo y poseídos por un fuego salvaje que le fundió el corazón.

–Scott...

Él cubrió su boca con los labios.

–Calla... Ya lo sé. Está bien, ¿verdad? –susurró contra su boca. Anya podía saborear su hambre y sentir la urgencia de su deseo mientras él le mordisqueaba y chupaba el labio inferior y acariciaba sus suaves nalgas.

Estaba mucho más que bien. Anya le empujó los hombros.

–Basta. No podemos hacer esto.

Por un momento, temió que él no hiciera caso de su protesta, pero al instante se apartó de ella con un gruñido y quedó tendido boca arriba sobre la hierba. Tenía los ojos cerrados y su pecho subía y bajaba en un rápido y arrítmico jadeo. Anya se incorporó e intentó alisarse el vestido apresuradamente.

–No deberías haberlo hecho –insistió.

–¿Por qué? –preguntó él mientras se sentaba–. Los dos estábamos deseándolo, ¿no? ¿Qué hay de malo en que dos adultos se diviertan un poco bajo el sol?

«¿De malo?» Anya creyó que iba a desmayarse.

–Estamos rodeados de adolescentes impresionables –dijo ella con firmeza–. ¿Qué pensarían sus padres si alguno volviera a casa diciendo que te había visto...?

–¿...revolcándome en el jardín con una joven?

–Estamos intentando rehabilitar mi buen nombre, no dar a la gente más motivos para cotillear –le recordó.

–Entonces no deberías haber respondido a mi beso con tanto entusiasmo –dijo él con expresión burlonamente inocente–. ¿O intentabas hacerme olvidar lo que te estaba preguntando? ¿Por qué te sonreías?

Anya suspiró y se apretó los libros contra el pecho en un involuntario gesto defensivo.

–Es falso.

Él pareció desconcertado.

–¿Qué es falso?

–El pendiente de la nariz de Petra. Es de mentira.

–¿Qué? ¿Estás segura?

Anya aprovechó su desconcierto para levantarse y estirar sus entumecidas piernas.

–Créeme. He trabajado en un internado donde el piercing es motivo de expulsión mientras que los pendientes postizos simplemente se confiscan. Tenía un cajón lleno de pendientes como ese.

–La muy sinvergüenza... –Scott se levantó mirándola con desconfiada admiración–. Seguro que sabe que me estaba mordiendo la lengua para no criticárselo.

–Te está poniendo a prueba. Pero creo que se siente

feliz contigo. Y la impresiona que estés intentando trabajar más desde casa para pasar más tiempo con ella.

–Ya... No sé cuánto tiempo podré seguir haciéndolo. No puedo seguir pasándoles casos a mis socios, pero tampoco quiero que Petra piense que una vez pasada la novedad voy a abandonarla.

–No creo que eso ocurra –dijo Petra con una sonrisa–. En unos días empezará las clases, y si se arrima a Sean y Samantha no creo que aparezca por aquí ningún día hasta después de las cuatro y media.

–Y después estaría contigo un par de horas más –aventuró él–. Aunque todo salga bien, como espero, me gustaría que siguieras dándole clases particulares. Ya has visto lo beneficiosa que es para ella la atención personal, y ella te aprecia mucho. Y te necesita.

Pero Petra no era la única. En los días que siguieron Scott siguió pasando ratos con ellas, y aunque Anya se cuidó mucho de volver a quedarse a solas con él, no tardó en darse cuenta de que padre e hija la utilizaban como intermediaria emocional, como una intérprete neutral a través de la cual satisfacer su curiosidad mutua sin tener que enfrentarse directamente a sus sentimientos.

Aquel sábado por la noche Mark telefoneó a Anya para informarla de que el jefe del departamento de Tecnología de la Información había localizado al autor del mensaje que anunciaba la fiesta en el foro de Internet. Se trataba de un alumno que ya había sido sancionado en otras dos ocasiones por hacer mal uso del sistema informático del instituto, y el asunto había terminado con unos días de expulsión. En cuanto a la madre que estaba causando problemas, se había calmado considerablemente al saberse que su hijo había comprado varias botellas de alcohol para la fiesta con un carnet falsificado.

Empezaron las clases y al principio Anya tuvo que soportar algunos comentarios sarcásticos de compañeros y cuchicheos de alumnos, pero con su buen humor y tolerancia habituales capeó el temporal de los primeros días, y en poco tiempo se había olvidado el episodio.

Petra y ella siguieron dando clase dos horas cada tarde mientras Sean sudaba en el gimnasio que Scott tenía junto a la piscina y Samantha hacía sus deberes entre llamadas telefónicas.

El siguiente viernes por la tarde, al salir del instituto, Anya recibió una inesperada invitación de Mark para cenar. Sorprendida, intentó excusarse, pero él insistió y, finalmente, Anya decidió dejar a un lado el reciente desencanto que había sufrido con Mark y disfrutar de la aplazada velada.

Decidió ir antes a dar la clase a Petra para tener tiempo suficiente para arreglarse, y fue a Los Pinos directamente, en vez de pasar por su casa, como solía hacer.

Sean salió a abrirle la puerta, y al ver la hilera de maletas en el vestíbulo Anya recordó que la hermana de Scott y su marido habían vuelto de Los Angeles y que aquella tarde volvían a su casa. Al preguntar por Petra, Sean hizo un gesto con la cabeza en dirección a una puerta cerrada, al otro lado de la cual sonaba un piano.

—Está ahí, oyendo CDs o aporreando el piano, supongo. Se pasa la vida ahí encerrada.

Anya llamó a la puerta, quizá demasiado suavemente, y al abrirla el exquisito sonido de una partita de Bach inundó sus oídos. Al darse cuenta de que la soberbia y delicada ejecución de la pieza no procedía de una grabación, sino de las manos de la joven sentada al piano, se quedó boquiabierta. Permaneció inmóvil en el umbral de la puerta entreabierta hasta el final de la pieza, pero no aplaudió. Estaba demasiado impresionada y al tiempo furiosa.

–Tocas muy bien.

–Ya lo sé –dijo Petra mientras cerraba la tapa del piano.

Anya se sentó a su lado en el ancho taburete.

–No, tocas demasiado bien –la gravedad de su voz iba más allá de las palabras–. Yo no soy buena musicalmente hablando, pero he vivido entre músicos y conozco el genio puro cuando lo veo –dijo tomando las manos de la muchacha entre las suyas y mirándola a los chispeantes ojos–. Las dos sabemos lo que hace falta para tocar como tocas tú. Una gran dedicación, sobre todo en alguien tan joven. ¿Qué estás haciendo aquí, Petra? No me refiero a lo que le has contado de que querías conocerlo y todo eso. ¿Qué es lo que realmente quieres de él?

Petra le apretó las manos con fuerza y sus ojos brillaron con determinación.

–Mi madre y mi padre no pueden mandarme a estudiar al extranjero. No tienen bastante dinero. Y aunque consiguiera una beca, necesitaría dinero. Podría trabajar para ahorrar, pero no puedo esperar tanto. Tengo que irme pronto. No solo quiero ser buena, quiero ser grande. Pero ya tengo catorce años. Mis profesores dicen que si quiero desarrollar todo mi potencial tengo que empezar a dedicarme en exclusiva al piano ya. Cuando supe lo de mi padre, mi verdadero padre, pensé que podía ayudarme. Que si me conocía y le caía bien y todo eso... Y ahora sé que quiere ayudarme, que querría que yo llegara a lo más alto. ¡Sé que me ayudaría!

—Sí —suspiró Anya—, pero, por Dios, no se lo digas así.

—¿Que no me diga qué?

La figura de Scott, enorme e intimidante, envuelta en un oscuro traje a rayas, estaba apoyada en el umbral de la puerta. Aquel hombre tenía la manía de aparecer cuando Anya menos lo esperaba.

Petra sonrió, incapaz de ocultar su emoción, y Anya supo que iba a soltárselo todo.

—Que vine hasta aquí para pedirte que me pagaras los estudios en la mejor escuela de música que me acepte como alumna.

Scott volvió la cabeza hacia Anya.

—¿Esto ha sido idea tuya?

Petra negó vigorosamente con la cabeza plantándose delante de él.

—No, ella solo me ha oído y se ha dado cuenta de lo buena que soy —dijo con aplastante sinceridad—. Pero no quería que hiriera tus sentimientos. Ya sabes, que pensaras que solo había venido aquí para sacarte la pasta.

—¿Fue esa la razón?

—Bueno, sí —admitió sin bajar la mirada—. Pero eso fue antes de conocerte.

—No sé por qué, pero la verdad es que entiendo tu razonamiento —murmuró él—. Eres ambiciosa, ¿verdad?

Aunque no mostraba el menor atisbo de una sonrisa, Petra reconoció el orgullo en su voz, y aquella sonrisa descarada reapareció en su rostro.

—Es algo genético.

Anya se sintió aliviada. Scott era un hombre duro, y por suerte para Petra, era realista y un consumado jugador. Podía entender la ambición si el motivo era honorable. Era la hipocresía lo que despreciaba. Y Petra nunca había pretendido ser otra cosa que lo que era: su atrevida, voluntariosa y escandalosamente diferente hija.

—Yo aprendí a tocar el piano siendo adulto, de modo que eso no puede ser genético —reflexionó él—. ¿Hasta qué punto eres tan buena?

Sin decir una palabra, Petra se sentó al piano, abrió la tapa y dejó correr sus dedos sobre el teclado dando forma a una serie de variaciones rítmicas y alegres que provocaron la risa de Scott y Anya, enlazándolas a continuación con una melodía de Mozart. Su actitud cambió por completo. Inclinó la cabeza, su rostro adoptó un gesto ausente y concentrado y se adentró con seguridad sobre el difícil pasaje. Cuando finalmente cruzó las manos sobre su regazo, Scott se volvió hacia Anya con una mirada asombrada que reflejaba lo que ella misma había sentido al ver a Petra tocar.

—¿Tú qué piensas? —preguntó quedamente, aunque era evidente que ya lo sabía.

—Creo que deberías estar orgulloso de ella. Tienes una hija con un don extraordinario, y creo que los dos deberíais hablar de lo que va a hacer con él. A solas.

Scott y su hija se miraron y Anya contuvo el aliento. De repente se abrazaron, y con los ojos cerrados él posó un beso en su frente mientras la estrechaba con fuerza entre sus brazos. Con un nudo en la garganta, Anya se retiró silenciosamente. Ahora Scott y Petra eran realmente padre e hija. Estaban unidos por la confianza, no solo por la sangre.

Abría la puerta de la calle enjugándose una lágrima cuando se vio frente a una mujer grande de melena castaña que en ese momento iba a llamar a la puerta. Conocía a Joanna Monroe de vista, ya que colaboraba en diferentes actividades del instituto, pero cuando se levantó las gafas de sol de la nariz la sorprendió la mirada franca y amistosa de aquellos ojos azul pálido.

–Hola, señorita Adams, o quizá debería llamarte Anya. Cuando llamé la semana pasada, Scott me dijo que lo estabas ayudando con su hija. La verdad es que casi me da algo cuando Gary insistió en que lo acompañara a esa conferencia internacional precisamente ahora, cuando Scott más me necesitaba. Bueno, sabíamos que tenía una hija, pero nadie se esperaba que apareciera de repente, y él menos que nadie. Espero que no lo haya pasado muy mal, pobrecito, con su hija y los dos míos. Aunque tampoco dan muchos problemas, y con la señora Lee aquí seis días a la semana...

Apenas había hecho una pausa para tomar aire, y cuando iba a empezar a hablar de nuevo, reparó en la sonrisa de Anya.

–¿Qué? ¿Qué he dicho? ¿Ya me estoy enrollando como una idiota? Lo siento, siempre me pasa lo mismo. Perdona que no te hubiera saludado nunca, pero no sabía que Scott y tú fuerais tan amigos –dijo con un guiño que desconcertó por completo a Anya–. Intentó hacerse el loco, pero yo siempre acabo sacándole estas cosas, aunque se ponía a balbucear como un crío hablando de ti. Me dijo que lo sacabas de quicio, pero que le hacías reír, y pensé, «Dios mío, por fin». Porque hacía años que no se reía un poco el pobre. En su trabajo todo es tan deprimente y tan serio... Y el caso es que tiene un gran sentido del humor. Bueno, de eso ya te habrás dado cuenta, ¿verdad? Es una pena que seas pariente de esa mujer insufrible. Perdona, sé que es tu prima y que no debería decirlo, pero...

–¿Kate Carlyle? –interrumpió Anya.

–Sí, sé que no debería hablar porque Scott me va a matar, pero... En fin, estaba tan emocionada, diciendo que iba a dejar su carrera para no separarse ni un momento de él, y de repente... ¡Adiós! Desaparece sin una sola palabra. Sin una carta de despedida explicando por qué se iba. Solo una nota de su agente diciendo no sé qué de una gira de conciertos. Y rompió con él dos semanas después por e-mail. ¡Por e-mail! ¿Te lo puedes creer?

Anya podía... y no podía. Sentía en el pecho un dolor tan intenso que apenas podía respirar. ¿Scott y Kate habían tenido una aventura?

—¿Estás diciendo que Scott estuvo enamorado de Kate?

—Bueno, no sé si enamorado. Scott siempre ha sido muy reservado, pero debía de sentir algo muy fuerte por ella a juzgar por lo que lo afectó que le dejara. Dejó de salir con mujeres durante un año, y desde entonces no ha encontrado ninguna mujer con la que pudiera pensar ni remotamente en casarse. A veces creo que es un caso perdido...

Capítulo 7

QUÉ coincidencia! Mira quién está en el rincón. Son Tyler y Heather Morgan. Deben de haber llegado mientras pedía las copas. ¿Qué te parece si los invito a sentarse con nosotros?

El cuerpo de Anya se tensó de horror y sus ojos se clavaron en el hombre que estaba sentado frente a ella.

–No, Mark, por favor. Prefiero que cenemos solos. Casi no conozco a Heather Morgan...

–Demasiado tarde, ya me han visto –dijo Mark mientras se levantaba–. Además, así os conoceréis mejor. Es muy recomendable tener buenas relaciones con los Morgan.

¿Cómo podía tener tan mala suerte? Anya no podía haber imaginado que aquel viejo pub-restaurante de las afueras de Riverview fuera del gusto de alguien como Heather. De hecho, ella iba ataviada con un resplandeciente vestido rojo, y su acompañante iba más discreto, pero no menos elegante, con un traje oscuro, mientras que el resto de los clientes vestía de modo bastante más informal.

Los ojos de Scott se posaron en los de Anya, que hundió la cabeza en el menú creyendo que iba a morirse. Dejó escapar un suspiro de alivio al ver regresar a Mark solo. Pero su alivio no tardó en convertirse en horror.

–Vamos. Scott nos ha invitado a su mesa. Ha insistido en que la del rincón es más adecuada para charlar.

Aquello era precisamente lo que más temía Anya. Intentó no perder la calma mientras avanzaba con una mano de Mark en su espalda hacia las llamas del infierno. Scott no podía notar que aún seguía conmocionada por la revelación de Joanna.

Al llegar a la mesa de Scott consiguió dedicarles a él y a su pareja una sonrisa, consciente de que su sencillo vestido negro no podía competir con el sofisticado atuendo de su competidora, y deseó haberse hecho un peinado más elaborado, y no la simple cola de caballo con la que se había recogido el pelo.

Scott se levantó para recibirlos y su sonrisa de tigre hizo ver a Anya que estaba encantado con el giro que habían dado los acontecimientos, mientras que el breve y seco saludo de Heather indicaba exactamente lo contrario.

La etiqueta exigía que Mark se sentase junto a Heather y Anya al lado de Scott, lo que al menos le ahorraría la tortura de tener que conversar con él frente a frente. Sin embargo el banco corrido hacía inevitable que se rozaran sus brazos y piernas, sobre todo cuando se compartía con alguien tan grande como Scott. Y Anya observó con preocupación que él cambiaba la posición de sus piernas con demasiada frecuencia.

–¿Les pasa algo a tus lentillas, o necesitas gafas para leer el menú? –dijo Heather. Anya se llevó una mano a la cara y comprobó que todavía llevaba puestas las gafas de conducir.

–Las utilizo para ver de lejos. Cuando conduzco, por ejemplo –respondió Anya, molesta con Mark por no haberle dicho nada. Se las quitó apresuradamente, pero se le escaparon de las manos y acabaron cayendo con un tintineo sobre el plato vacío de Scott.

—Y en clase, para no perder de vista a los alborotadores de la última fila —bromeó Mark acabando de arreglarlo.

—Yo siempre me sentaba en la última fila —murmuró Scott mientras recogía las gafas y las doblaba.

—¿Cómo es que no me sorprende? —respondió ella en tono más ácido de lo que pretendía.

—Deben de hacerte parecer aún más la clásica institutriz —dijo él mientras se las devolvía con una mirada de complicidad.

Heather Morgan dejó escapar una risilla ante lo que tomó como un comentario despreciativo.

—¿Es que has venido conduciendo? —sus inquisitivos ojos castaños pasaron de Anya a Mark—. Creía que habíais venido juntos.

—Oh, me llamaron del instituto por una falsa alarma de incendio, y no pude pasar a recoger a Anya —explicó Mark.

—Nosotros también teníamos otros planes —dijo Heather lanzando una mirada de leve reproche a Scott—. Íbamos a ir a una cena del Colegio de Abogados en la ciudad, pero parece que Scott ha tenido con su hija una escenita de la que no quiere hablar, ¿verdad, querido?

—Te dije que fueras sin mí —dijo Scott mientras el camarero servía los aperitivos.

—Pero le dije que ni hablar, por supuesto —prosiguió Heather con un mohín de sus atractivos y perfectamente pintados labios—. Entonces, Scott decidió traerme aquí para que no me muriera de hambre. El menú no está mal, aunque tampoco es precisamente de lo más imaginativo —comentó con una displicente mirada a la carta.

–La comida es excelente –dijo Mark–. Y los fines de semana toca un grupo en directo. Es muy agradable para bailar.

Por fin pidieron la cena, y Anya, que tenía el estómago hecho un nudo, acabó optando por lo más sencillo que pudo encontrar: un consomé y pescado a la plancha con ensalada.

Durante un rato, la conversación fue reconfortantemente impersonal. Al llegar la carta de vinos, Scott pidió a Anya su opinión, y ella tuvo que confesar su ignorancia.

–Si me gusta el sabor lo tomo, pero en realidad solo entiendo un poco de champán.

–¿Te refieres al espumoso nacional? –interrumpió Heather desdeñosa–. Ya no se puede llamar «champán», sino *méthode champenoise*.

–No, me refiero al Krug y el Dom Perignon –respondió Anya sorprendiéndose a sí misma–. Mi madre solo bebe champán francés. Dice que es bueno para la garganta. Ya de pequeña me daban un vasito para brindar con ellos cuando celebraban algún éxito.

Scott dejó escapar una breve risa que le hizo merecedor de una gélida mirada de su acompañante.

–¿Por qué no fuiste a un colegio americano, si tus padres vivían allí? –volvió al ataque Heather.

Anya no podía decir que sus padres habían respirado aliviados cuando ella había expresado inocentemente su deseo de vivir en Auckland, «cerca de donde habían vivido la tía Mary y el tío Fred».

–Porque considera Nueva Zelanda su hogar espiritual, además de su tierra natal –salió Scott en su defensa. El grado de familiaridad que parecía indicar el comentario no gustó nada a Heather, que contraatacó dedicando toda su atención a Mark.

La maniobra tuvo el efecto contrario al deseado, ya que Scott quedó con las manos libres para atormentar a Anya con toda su atención durante el transcurso del primer plato. Cuando todos estaban acabándolo, reparó en que Anya seguía jugueteando con su ensalada sin apenas tocarla. Se inclinó hacia ella hasta que sus hombros se tocaron.

–¿No tienes hambre? –preguntó quedamente, sin que Mark y Heather lo oyeran.

–La tenía –respondió ella en el mismo tono–. Pero debe de haber algo por aquí que me ha revuelto el estómago.

Lejos de darse por aludido, Scott se echó a reír.

–A ver si podemos hacer algo para abrirte el apetito –dijo deslizándose por el banco y empujándola suavemente hacia fuera–. Vosotros seguid con vuestra conversación. Anya y yo vamos a ver qué tal está la música.

Antes de que nadie pudiera dar su opinión, la había arrastrado hasta el centro del pequeño grupo de parejas que bailaban agarradas.

–A tu chica no le hace gracia tu comportamiento –dijo Anya, incapaz de evitar un estremecimiento cuando él pasó una mano por su cintura y la atrajo hacia sí.

–Bien, porque no soy su bufón. A mí tampoco me hace gracia su humor. Y ya no es ninguna «chica» –respondió él, y la hizo girar de modo que no pudiera ver la mesa. Su pie pivotó entre los de ella y su rodilla acarició levemente uno de sus muslos.

–Oh, es cierto. A ti te gustan más viejas, ¿verdad? Y supongo que si son brujas mejor –atacó ella implacable, pero él volvió a reír.

–¿Como la que tengo entre mis brazos ahora mis-

mo? Y pensar que al principio me parecías una dami-
sela indefensa... Pero creo que sé por qué sacas las
uñas. No se puede decir que tu prima sea vieja, pero
desde luego sí es una bruja.

Antes de terminar de hablar, notó cómo se tensaba
el cuerpo de Anya, que le lanzó una mirada furibunda.
Sin dejarse amedrentar, Scott siguió hablando.

—Ya sé que mi hermana, con su verborrea inimita-
ble, te dio todo tipo de detalles sobre mi relación con
Kate, así que dejémonos de rodeos y hablemos claramente.

—Oh, ¿ahora sí quieres hablar de ella? Pues creo
que yo no.

—¿Estás enfadada porque no te lo conté? —dijo él
mirándola fijamente—. Según veo, Kate tampoco te había dicho nada.

Anya no pensaba dejarse llevar por sus argumentos
tramposos. Tenía todo el derecho del mundo a sentirse
traicionada.

—No, y también estoy furiosa con ella.

—Y como ella no está aquí, vas a hacérmelo pagar a
mí.

—¡Sí!

—Eso no es justo —murmuró él en su oído—. Lo que
ocurrió entre Kate y yo no es relevante en esta relación.

—¿No es relevante? ¿Tuviste una aventura con mi
prima y ni siquiera me lo mencionas?

—Hay ciertas normas en cuanto a hablar de relaciones pasadas, y más si son con personas conocidas.
Cuando me di cuenta de que Kate no te lo había contado, me vi ante un dilema. ¿Debía contarte algo que ella
obviamente quería mantener en secreto? Además,
aquello ocurrió hace cinco años. Y no tengo la costum-

bre de hablar de antiguas relaciones con una futura pareja. No es mi estilo.

¿Futura pareja? Anya sintió que le flaqueaban las piernas al pensar que estaba jugando con ella. Sabía que era completamente diferente a las otras mujeres que había habido en su vida.

—Está muy claro cuál es tu estilo —dijo sin poder dejar de ver el rostro altanero y distante de Heather.

—¿Ah, sí? ¿Cuál es? —preguntó él divertido.

—Las mujeres sofisticadas, triunfadoras, esculturales...

—Y brujas, no lo olvides —señaló con sorna presionándole la mano contra su pecho.

—Mujeres elegantes que jamás... que jamás...

—¿Se revolcarían conmigo al sol sobre la hierba?

¡Era evidente que estaba riéndose de ella! Su mano se cerró crispada bajo la de él.

—Seguro que con Kate no te revolcabas en la hierba.

—Oh, no. Se habría ensuciado. Con tu prima todo tenía que ser a la luz de la luna, con caviar, champán, sábanas de satén... Todo de primera.

—Y seguro que te encantaba —insistió ella, negándose a reconocer la ironía de sus palabras.

La mandíbula de Scott rozó su sien, y mientras seguían moviéndose abrazados su voz empezó a murmurar las confidencias que ella le estaba exigiendo y que en el fondo no quería oír.

—Sí que es una mujer deslumbrante, pero no fui yo quién tomó la iniciativa. Cualquiera habría sucumbido a sus apasionadas declaraciones. Reconozco que al principio perdí la cabeza. Durante ocho semanas, estuve convencido de que me necesitaba para ser feliz, y fui lo bastante arrogante como para creer que hablaba en serio cuando me decía que era el hombre de su vida. Por eso fue un duro golpe descubrir lo poco que duraba la atracción... por ambas partes. Fue una aventura, sí, pero ahora no diría que fue una historia de amor. Quizá hace cinco años confundiese el oropel con el oro, pero mis gustos han madurado. Quizá he descubierto que prefiero perder la cabeza por los placeres sencillos de la vida, el sol, la risa, las manzanas y la hierba... y un par de ojos claros y refrescantes como un sorbo de agua helada.

Sin moverse, su mano se insinuaba a través del fino tejido del vestido de Anya, tan seductoramente tranquila como su voz.

—Confié en que los sentimientos de tu prima eran sinceros y sus intenciones reales, pero Kate no era capaz de tanto. Sus juramentos de amor no eran más que pirotecnia vacía y efímera. Así que no pienses jamás, ni por un momento, que volvería con tu prima ni que la compararía contigo.

Aquellas palabras resonaron en la cabeza de Anya durante todo el fin de semana, que pasó sin salir de casa, trabajando en el jardín. Cuando habían regresado a la mesa después del largo baile, Heather mantuvo un silencio glacial, y Anya se había apresurado a inventar un dolor de cabeza que Mark había aceptado con visible alivio como razón para retirarse antes de los postres y el café. De no haber tenido allí su propio coche, probablemente durante el camino de vuelta habría tenido que soportar un sermón de Mark. Por suerte, al despedirse simplemente le dijo con tono irritado que al someterse al dominio de Scott lo único que había conseguido era ofender a Heather.

Pero no se sentía nada sumisa el lunes por la tarde cuando, al sonar el timbre que marcaba el final de su última clase, Petra había irrumpido en el aula arrastrando a su padre.

—¡Hola, señorita Adams! Espero que se le haya pasado ese dolor de cabeza, porque papá y yo tenemos una sorpresa increíble.

—Oh, ¿de verdad? —dijo Anya mientras se quitaba las gafas y las guardaba lentamente en su funda de piel para evitar la penetrante mirada de Scott.

—¡Sí! ¡Mire! Papá nos ha conseguido entradas para un concierto en el Auditorio de Auckland esta noche. Parece que llevaban semanas agotadas, pero papá se las ha arreglado para que un amigo suyo de un periódico le diera tres —dijo entusiasmada mientras sacaba las entradas de un sobre y se las enseñaba. Era un único concierto de un famoso pianista ruso—. Va a tocar el Quinto Concierto de Beethoven, el Emperador. ¡Va a ser alucinante!

—¿Esta noche? —preguntó Anya débilmente mientras intentaba por todos los medios encontrar una excusa.

—¿Es que ya tienes alguna cita? —dijo Scott con una intensa mirada de desafío.

—No, pero mañana hay clase...

—No pasa nada. Papá ha reservado una suite en un hotel para que no tengamos que volver esta noche —Petra resplandecía de emoción—. Podemos llevarnos todo lo que vayamos a necesitar mañana y él nos dejará aquí a primera hora.

—Un plan perfecto —ronroneó él.

—No irá a decir que no, ¿verdad? —dijo Petra—. Nunca he ido a un concierto de alguien famoso.

—No, la señorita Adams no va a decir que no —le aseguró su padre con voz peligrosamente suave—. No se le ocurriría perderse un concierto de un antiguo ganador del premio Tchaikovsky en compañía de una futura ganadora del premio Tchaikovsky.

–¡Papá!

–Bueno, si estás seguro de que no prefieres invitar a otra persona... –murmuró Anya–. Quizá a la señorita Morgan le gustaría escuchar el Emperador...

–La señorita Morgan piensa que el Emperador es un pingüino gigante –dijo Scott, provocando la cristalina risa de Petra–. Y también piensa que ya no soy un acompañante digno para ella. Según parece he perdido puntos desde que me he convertido en un padre consciente. Ahora soy un bruto, egoísta e incapaz de tratar a una mujer como es debido.

Scott desmintió rotundamente las dos primeras acusaciones aquella noche al entrar en el auditorio escoltando a las dos damas, una de cada brazo. Petra se había quitado el pendiente de la nariz y llevaba un vestido nuevo, negro, por supuesto, que habían comprado aquella misma tarde en una boutique escandalosamente cara cercana al hotel. Anya vestía una corpiño plateado y una falda negra larga. Habían cenado previamente en el hotel, después de dejar sus cosas en la lujosa suite de tres dormitorios situada en el ático.

Petra se sentó entre los dos durante el concierto, inclinada hacia delante en la butaca con expresión de intensa concentración mientras Scott se reclinaba cómodamente en la suya con el brazo extendido sobre el respaldo del de ella en dirección a Anya, con la que de cuando en cuando intercambiaba miradas sonrientes por detrás de su ensimismada hija.

La adolescente no movió un solo músculo a lo largo de todo el concierto. Durante el lento y dramático adagio en Si Mayor Anya llegó a sospechar que estaba conteniendo el aliento para no hacer el menor sonido que pudiera interferir con la dramática y sentida ejecución.

Con el apoteósico rondó final todo el público se puso en pie y Petra aplaudió y gritó desaforadamente pidiendo un bis con tan arrebatada emoción que acabó provocando la risa indulgente de las personas que los rodeaban, que incluso felicitaron a Scott y Anya por el entusiasmo de su hija. Cuando Anya, sonrojada, iba a corregirles, Scott le cambió el asiento a su hija, le pasó el brazo por los hombros y le dijo que no fuera tonta. Así permanecieron durante el breve pero magistral bis tras el cual Petra volvió a dar bravos hasta quedarse afónica.

Tras salir del auditorio, dieron un paseo por Aotea Square hasta llegar a un pequeño restaurante donde tomaron un bocado mientras Petra daba rienda suelta a su entusiasmo. Poco a poco, su euforia fue dando paso a una satisfecha ensoñación.

De vuelta en el hotel, no tardó en retirarse, agotada, tras las intensas emociones del día. Cuando cerró la puerta de su habitación, Scott se quedó un momento en el centro del salón de la suite, la cabeza inclinada, el gesto serio, el rostro pálido en contraste con el esmoquin negro, los brazos colgando a los costados.

—Sé que no tiene sentido lamentarse por lo que no se puede cambiar, pero no sabes cómo siento haber estado ausente de su vida hasta ahora —dijo con voz ronca—. Fui un ingenuo y un irresponsable que no luchó por poder abrazarla cuando era un bebé, o ver su cara la primera vez que puso sus manos sobre un piano. Y ahora hay otro hombre al que ama y al que llama «papá», y que siempre será más importante en su vida que yo.

—Puede que fueras un ingenuo —dijo Anya conmovida–. Pero no irresponsable. Somos humanos. Todos cometemos errores, sobre todo cuando somos jóvenes.

–¿De verdad? –sus hombros se relajaron y alzó la cabeza lentamente–. ¿Y qué terribles errores cometiste tú cuando eras joven?

–Me enamoré locamente de un hombre que creí que me quería y me aceptaba como era. Por desgracia yo era demasiado aburrida para él, en la cama y fuera de ella, y de un día para otro me cambió por una aventura con mi deslumbrante y famosa prima.

–Ah... –aquella confesión la desconcertó, como ella pretendía, pero se recuperó rápidamente–. Así que Kate y tú habéis tenido problemas de hombres.

–Problema. Y lo resolvimos. Yo decidí que no merecía la pena amar a Alistair y ella lo tiró como una colilla –explicó con una sonrisa.

Scott se quitó la chaqueta y la corbata y las tiró al sofá de cuero. Se desperezó, estirando lentamente sus largos brazos, y avanzó hacia ella con paso decidido mientras se sacaba los faldones de la camisa y levantaba la barbilla.

–¿Te importa? –murmuró al detenerse a pocos centímetros de ella–. Este cuello me está muy justo y los botones son tan pequeños que con estos dedazos siempre me cuesta desabrocharlos.

Anya se puso de puntillas para ver lo que hacía. Sintió cómo el cálido aliento de Scott movía los finos cabellos de sus sienes y el exquisito perfume que desprendía su camisa cuando alzó los brazos provocó en lo más profundo de su ser una familiar añoranza. Los dedos de Scott soltaron con cuidado las horquillas que sujetaban el elegante moño en el que se había recogido el pelo, y su melena rubia cayó como una cascada a su espalda.

–¿Por qué has hecho eso? –dijo mientras desabrochaba el segundo botón y él volvía a dejar caer sus brazos a los costados.

–Pensé que quizá el pelo tan estirado te daba dolor de cabeza –respondió él con tono inocente–. No duermes con el pelo recogido, ¿verdad?

–A veces –mintió ella–. ¡Ya está!

Intentó retroceder, pero él atrapó sus muñecas.

–Aún no has terminado –insinuó él mirándola fijamente mientras llevaba sus manos al siguiente botón de su camisa–. Por favor...

Hipnotizada por el ardiente deseo que irradiaban aquellos ojos azules, desabrochó lentamente el siguiente botón, y el siguiente. Cada uno era un paso más hacia la inevitable seducción.

–¿No la reconoces? –murmuró según llegaba ella al último botón y sus dedos rozaban el bulto delator que se ocultaba tenso bajo los faldones de la camisa.

–¿Qué? –preguntó ella ruborizada, luchando contra la tentación de trazar el contorno de aquella masa tensa y dura.

–La camisa. Es la que te pusiste aquella noche para cubrir tus encantos –musitó él, y sus palabras hicieron que una oleada de placer recorriera el cuerpo de Anya–. Me gusta llevar sobre la piel algo que te has puesto tú. Es como si me envolvieras, como si me estuvieras acariciando cada vez que me muevo.

La camisa estaba completamente abierta, y mostraba su poderoso pecho cubierto de un denso y rizado vello oscuro que descendía sobre los duros contornos de su abdomen hasta una fina línea que se perdía bajo su ombligo. Tomó las manos de Anya y las puso sobre sus duros y planos pectorales.

–¿No quieres hacerme eso, Anya, tocarme, acariciarme, envolverme y moverte conmigo, sobre mí? —dijo en un susurro mientras apretaba sus caderas contra las de ella, tirando de su falda, provocándola.

Mientras recorría su torso con las manos Anya pensó que era como si no hubiera tocado nunca a un hombre. Y así era. No con aquella combinación de excitación y miedo, de hambre y añoranza, de amor y dulce resignación... Y le bastaba con saber que él la deseaba, que en aquel preciso momento era para él la mujer más deseable del mundo.

Cuando rozó suavemente con las uñas sus tetillas, él se estremeció y dejó escapar un gruñido. De repente, flaqueó su confianza. ¿Estaba loca? ¿Qué le había hecho pensar que podía tener a un hombre tan formidable?

—¿Y... y si Petra se despierta? —dijo apartándose de él y dándose media vuelta. Scott avanzó tras ella con una sonrisa ardiente—. Yo debería estar ya metida en la cama.

—Tienes razón, por supuesto —asintió él enlazándola por la cintura desde atrás y alejándola de la puerta que iba a abrir—. Te equivocas de habitación.

—Es muy tarde...

—Sí, así es. Demasiado tarde para echarnos atrás. Llevo pensando en este momento toda la noche... Igual que tú —dijo mientras apretaba su sexo contra la suave curva de sus nalgas—. En lo que íbamos a hacer cuando estuviéramos solos.

La cabeza de Anya cayó contra su pecho.

—Creo que esto no es para mí... —Las manos de Scott se deslizaron bajo su corpiño y su sostén de encaje y acariciaron sus pequeños y duros pezones.

—Déjame hacerte el amor y verás que esto es exactamente lo que quieres —dijo mientras le daba media vuelta y la tomaba en sus brazos. La llevó a su habitación y la dejó caer en medio de la enorme cama. Cerró la puerta y se quitó con movimientos rápidos el resto de la ropa.

Grande, duro y desnudo, se aproximó lentamente a la cama donde ella aguardaba en un estado de delicioso estupor.

—Aquí tienes, cariño, es todo tuyo —dijo arrastrando las palabras ante el intenso rubor que cubría el rostro de Anya, que parecía hechizada por el orgulloso miembro.

—Estás muy... muy... —balbució humedeciéndose los labios.

—¿Bien dotado? —aventuró él con una sonrisa maliciosa.

—Iba a decir excitado —dijo ella temblorosa—. ¿Qué ha sido de la lenta danza de la seducción?

—¿Temes que vaya demasiado rápido? Eso quisieras... Todavía tengo que desenvolver mi regalo, y creo que va a ser lo más divertido —dijo mientras avanzaba hacia ella sobre la cama como un gran felino que acorrala a su presa. Anya retrocedió hacia los almohadones del cabecero de la cama.

Él tomo su delicado rostro entre las manos y la tendió sobre la cama presionando con una de sus pesadas piernas entre las de ella a la vez que devoraba su boca, húmeda de deseo.

Todas las dudas y miedos de Anya se desvanecieron al instante como la bruma que se disuelve al salir el sol. Su deseo incontenible ya no era debilidad, sino fuerza, y ansiaba expresar todo su amor de la forma más íntima y física al hombre que le había robado el corazón. Scott aún no lo sabía, pero aquella noche iba a ser amado, en el sentido más completo de la palabra, como nunca lo había sido en su vida.

Scott estaba tendido sobre ella, soportando su peso sobre un brazo para no aplastarla, y la urgencia inicial dio paso a una perezosa exploración de los pliegues más suaves y sensibles de su rostro y cuello. Durante un largo rato, no se oyó en la silenciosa habitación nada más que el susurro de la ropa contra la piel desnuda.

Había algo diabólicamente erótico en el hecho de estar inmovilizada sobre la cama, vestida, bajo un hombre desnudo, y pronto fue Anya quien le apremiaba, recorriendo con manos nerviosas su pecho y su espalda, arañando con las uñas sus velludos muslos y sus musculosas y suaves nalgas. Pero cuando su lengua acarició una de sus tetillas y una mano insegura revoloteó sobre su ardiente y satinada virilidad finalmente Scott entró apasionadamente en acción.

Le arrancó el ceñido corpiño plateado y contempló con ojos hambrientos el atrevido sostén escarlata antes de trazar su contorno con la lengua y morder suavemente sus pechos.

—Dime que estabas pensando en mí cuando te pusiste esto —gruñó sin dejar de mordisquear su suave y pálida carne.

—No... sí... en ti... —Anya intentaba decir algo coherente mientras sentía la húmeda y abrasadora boca de Scott en sus sensibles pezones. Finalmente, él le desabrochó el sostén y lo tiró lejos para poder disfrutar mejor del festín.

—¿Qué ocurre, no voy lo bastante despacio para ti? —bromeó él, y se retiró para quitarle lentamente las finas sandalias negras.

Sus manos se deslizaron bajo la falda y profirió un gruñido de placer al tocar la piel desnuda de la parte superior de sus muslos.

–¡Sin ligas! –suspiró mientras pasaba los dedos por el elástico de sus medias–. Mis favoritas...

La forma que tenía de mezclar la pasión y el humor resultaba tan seductora como su provocadora sensualidad. Retozaron juguetonamente sobre la cama durante largo rato, y cuando ambos estaban sin aliento y al borde de la locura, Scott le arrancó la diminuta braguita que le impedía la entrada al húmedo centro de su deseo y se introdujo profundamente entre sus esbeltas piernas enfundadas en seda.

Entonces, la risa dio paso a la fuerza y la gloria de la posesión y Anya se aferró a aquellos hombros duros como piedras mientras él se hundía una y otra vez en sus húmedas y cremosas profundidades a un ritmo creciente que explotó en un arrebato simultáneo de los sentidos. Entonces, bebió de su boca sus gritos de éxtasis mientras tomaba posesión de su corazón su alma y su cuerpo.

Capítulo 8

ANYA abrió los ojos cuando la aurora empezaba a filtrarse entre las espesas cortinas que protegían la lujosa suite del mundo exterior. Sus cabellos rubios se extendían sobre la almohada, acariciando al hombre que yacía desnudo boca abajo a su lado, sumido en un profundo y relajado sueño.

Aunque no hubiera querido dar crédito a sus ojos, su cuerpo mostraba indudables pruebas de que Scott Tyler había pasado la noche en su cama. O más bien ella en la de él. Podía sentir el dolor más dulce en los lugares más insospechados. Las sábanas arrugadas envolvían sus cuerpos y al bajar la vista observó las enrojecidas marcas del amor en sus pechos y su vientre.

Se puso de lado cuidadosamente y estudió con calma a su compañero. Se ruborizó al comprobar que él también tenía arañazos en la espalda, como si hubiera sido atacado por un pequeño y furibundo animal. Sus labios estaban relajados y ligeramente hinchados, y su pequeña cicatriz, junto con la nariz partida y el pelo revuelto le daban un aspecto de bandido tremendamente deseable.

Sabía que jamás se arrepentiría de haberse entregado a él, porque él también se había ofrecido a ella generosamente. Y la había hecho sentirse más mujer en una noche que Alistair en todo el tiempo que habían estado juntos. Se había mostrado atrevido, dominante y apasionado, pero también exquisitamente dulce. Y cuando ella se había echado a llorar con la embriaguez del primer orgasmo, él no había preguntado qué le pasaba, sino que había enjugado sus lágrimas con besos y la había acariciado de mil formas diferentes hasta arrastrarla de nuevo al torbellino de su tumultuosa posesión.

Scott no había tardado en advertir su falta de experiencia, y Anya se estremeció al recordar cuánto había disfrutado enseñándole las múltiples formas en que su cuerpo podía aceptarlo, excitarlo y provocar en ambos el placer más desatado.

Sus labios se curvaron en una sonrisa mientras estudiaba embelesada su rostro, resistiéndose a la tentación de apartar los oscuros mechones de pelo que cubrían su frente y besar aquella boca ligeramente fruncida. La coraza defensiva que mantenía cuando estaba despierto parecía no existir. Su hija había conseguido atravesarla, pero eso no significaba que estuviera dispuesto a dejar pasar a nadie más. Las heridas provocadas por pasadas traiciones habían dejado demasiadas cicatrices.

Scott le había dicho muchas cosas la noche anterior arrastrado por la pasión, pero sus labios no habían dejado escapar nada que se pareciera a una declaración de amor. Pero era indudable que ella podía ofrecerle otras cosas que sí estaba dispuesto a aceptar.

Se deslizó hacia el borde de la cama con cuidado de no despertar al tigre dormido. Se echó encima la camisa de seda de Scott y con pasos silenciosos se dirigió a su habitación, donde se dio una rápida ducha antes de ponerse lo que había comprado mientras Petra elegía su vestido. Se cepilló los dientes y salió del baño con la intención de volver a la habitación de

Scott, pero se lo encontró sentado a los pies de su cama, envuelto en el albornoz del hotel y con una expresión sombría que no presagiaba nada bueno.

–Por un momento he pensado que lo de anoche había sido fruto de mi imaginación –dijo secamente–. ¿No te enseñaron que no es de buena educación desaparecer de la cama de tu amante sin despedirte?

Anya sintió que se le encogía el corazón. ¿Quizá le había recordado la forma en que Kate se había ido sin una palabra? ¿Pensaría que se arrepentía de lo que había ocurrido la noche anterior y que iba a hacer como si no hubiera pasado nada?

Scott la miró de arriba abajo y tardó unos segundos en reaccionar. Sus ojos abiertos de par en par subieron lentamente desde los pequeños calcetines blancos de Anya a lo largo de sus piernas hasta la camisa de seda entreabierta que mostraba veladamente sus delicadas curvas, la sombra de un triángulo en la convergencia de sus muslos y los oscuros círculos en el centro de sus pechos que mostraban claramente que no llevaba nada debajo.

–Ahora mismo iba a despertarte –dijo ella con voz seductora, envalentonada al ver cómo él tragaba saliva sin poder creer lo que veía–. Pero primero quería vestirme... como puedes ver.

Extendió una pierna moviendo juguetonamente los dedos del pie enfundado en el calcetín blanco y avanzó con pasos lentos hacia él apartándose la melena con una sacudida de la cabeza que hizo que la camisa resbalara por un hombro dejando al descubierto uno de sus pálidos pechos.

–Dios, ¿me he muerto y esto es el cielo? –murmuró él, pero todavía no había visto nada.

–Creo que todavía está la etiqueta en el calcetín

–dijo ella dulcemente, posando un pie entre sus muslos–. ¿Te importaría quitármela?

La columna de Scott se arqueó bruscamente hacia atrás y una de sus manos le agarró el tobillo con fuerza, sujetando el pie contra su excitado miembro, a la vez que la otra acariciaba su pantorrilla.

–No veo ninguna etiqueta –murmuró.

–No estás mirando en el lugar adecuado.

–Estoy mirando exactamente donde querías que mirase –dijo él con los ojos clavados en la sombra que se adivinaba entre los faldones de la camisa. Sujetó su pie para que no pudiera escapar y empujó con sus caderas para incrementar la presión de su erguida verga al tiempo que su otra mano ascendía por la cara interior del sedoso muslo–. Si lo que estás intentando es volverme loco, prepárate para sufrir las consecuencias.

Ella enmascaró una pícara sonrisa de satisfacción con un inocente aleteo de sus pestañas.

–¿Cómo iba a saber yo que te ponían caliente los calcetines blancos?

–Porque yo te lo dije –ronroneó él.

Mientras observaba cómo sus ojos grises se entrecerraban, los dedos de Scott encontraron la húmeda flor que estaban buscando y después de apartar delicadamente los dos suaves pétalos se insinuaron en la aterciopelada entrada a la par que su dedo pulgar jugueteaba con el hinchado centro de su placer.

Anya sintió que su vientre ardía de deseo. Se mordió el labio inferior y la pierna que la sostenía empezó a temblar. La cabeza le daba vueltas y violentas oleadas de placer sacudían su cuerpo.

–Parece que ya no hablas tanto, ¿eh, querida? –musitó él, profundamente satisfecho por la espectacular respuesta.

Retiró sus dedos empapados y la sentó encima de sus poderosos muslos, silenciando sus blandas protestas con una boca insaciable. Sus dedos desabrocharon torpemente los botones de la camisa mientras ella abría el albornoz para poder aplastar sus pechos desnudos contra aquel duro y caliente torso. Él buscó algo apresuradamente en el bolsillo del albornoz y en un breve instante de lucidez Anya apreció su previsión. Cuando estuvo preparado arqueó la pelvis mientras sujetaba con las manos sus caderas y rozó varias veces insinuante su empapado sexo con el enhiesto miembro antes de introducirlo en toda su longitud y fundirse con ella en un ser indivisible.

Anya gimió mientras le rodeaba el musculoso cuello con los brazos y se sumergía aún más profundamente en su beso. Él pasó los dedos por su rubia melena y los dejó deslizarse por su espalda hasta la cintura.

–Ahora verás –susurró–. Échate hacia atrás.

Cuando ella lo hizo, se lanzó con avidez sobre sus pezones, tirando de ellos suavemente con los dientes mientras aceleraba el ritmo de sus embestidas, acompañadas de roncos gruñidos. Las furiosas convulsiones del cuerpo de Anya desencadenaron un violento orgasmo y ambos estallaron en una salvaje conflagración de los sentidos que quedaría grabada en la memoria de Anya para siempre.

–Mmm... Hemos hecho el amor en la cama, la ducha, la silla y el suelo de mi habitación –jadeó él cuando ambos aún estaban tendidos sobre la cama, empapados de sudor y aún profundamente entrelazados–. Supongo que deberíamos hacer lo mismo aquí.

El estómago de Anya se encogió.

–No tenemos tiempo. Petra se despertará en cualquier momento.

—La puerta está cerrada —dijo él sonriente, con la cabeza apoyada en la mano—. Y puedo ser rápido. Parece que así también te gusta.

—Deberíamos tener cuidado —dijo Anya ruborizándose—. Y a tu... a la madre de Petra no le gustaría saber que ha estado expuesta a...

Él la interrumpió besándola en la boca.

—Petra es una chica muy inteligente y muy perceptiva. Le gustas, y ya se ha dado cuenta de que me atraes mucho, o de que estoy, «colgado» contigo, como dice ella. Mientras actuemos con naturalidad no va a sufrir ningún trauma por ver que nuestra relación ha dado un paso más y mostramos nuestro afecto abiertamente.

Llamar a aquello «afecto» era quedarse bastante corto.

—Dijiste que íbamos a dormir aquí para que estuviéramos frescas y animadas por la mañana. Y a este paso me voy a dormir en clase.

—Deberías haberme dicho que lo que necesitabas para estar fresca y animada era dormir —bromeó él mientras jugueteaba con los suaves rizos rubios de su pubis.

—Eres un manipulador —dijo ella apartando su mano.

—¿Pero dirías que soy un bruto, egoísta e incapaz de tratar a una mujer como es debido?

—Eres muy bruto —respondió ella con una sonrisa que iluminó sus ojos. Acerca de las otras dos acusaciones no podía criticarle absolutamente nada.

—Pero no te habré hecho daño, ¿verdad?

—Claro que no...

—Es que eres tan menuda... Y veo que te he dejado señales —dijo él con gesto compungido mientras acariciaba una pequeña mancha morada en la parte superior de su pecho.

–Tú tampoco has salido indemne que digamos. No quiero que te cohíbas por mi tamaño. Puedo ser pequeña, pero no soy frágil.

–No, eres flexible como un sauce –concedió él–. Asombrosamente flexible.

–¿Es que no puedes pensar en nada más que en el sexo?

–No cuando estoy en la cama junto a una bellísima mujer desnuda.

–No estoy totalmente desnuda. Todavía llevo mis calcetinitos blancos.

–No me lo recuerdes –gruñó él.

–Y no digas que soy «bellísima» –dijo Anya con repentina seriedad–. Soy feliz siendo quien soy.

–Lo entiendo –dijo él apartándole un mechón de pelo de la cara–. Porque eres una mujer maravillosa e inteligente, rebosante de gracia, candor e ingenio, y con una fuerza interior y una grandeza de corazón que me hace sentirme culpable por haberme aprovechado de ti así.

–¿Eso es lo que has hecho? –preguntó ella con un nudo en la garganta.

–Quería que Petra viera el concierto, pero si te invité a venir fue sobre todo para tener la oportunidad de seducirte.

Anya puso un gesto de fingida sorpresa.

–¿De verdad? Y yo pensé que era una costumbre tuya llevar siempre tantos preservativos...

Él se echó a reír.

–Si lo que esperabas de mí eran zalamerías y romanticismo, siento haberte decepcionado.

Era evidente que Scott quería dejar bien claro que lo que había ocurrido no tenía nada que ver con el amor.

–¿No creerás que me interesa más la presentación que la sustancia, como les ocurre a otras? –dijo Anya.

Él saltó al instante.

–Si te refieres a Kate, te equivocas. Ya te dije que no hay comparación posible entre vosotras dos. Sois como la noche y el día. Pero pensé que si te enterabas de lo que había habido entre nosotros tu actitud hacia mí cambiaría.

–¿Por eso me lo ocultaste? ¿Para que no sospechara de tus motivos para seducirme?

Sus ojos se ensombrecieron. Ya no estaba bromeando.

–Podrías haber pensado que intentaba vengarme de ella llevándote a ti a la cama –admitió a regañadientes.

Anya frunció el ceño. Aquello no se le había ocurrido.

–No veo qué sentido habría tenido. Creo que más bien se habría compadecido de ti al pensar que intentabas sustituir a alguien tan brillante como ella por su sosa primita.

Scott se incorporó de un salto y la tomó con fuerza por los brazos.

–¡Maldita sea, deja de infravalorarte así! ¿No te das cuenta de que vales mil veces más que esa zorra egoísta de tu prima?

–Bueno... yo sí, pero no sabía si tú te dabas cuenta –murmuró ella, desconcertada por la espontaneidad de su reacción–. Pero no espero encontrar en esta vida un ideal romántico, Scott. Además, el romanticismo significa cosas muy diferentes para los hombres y las mujeres.

–¿Qué significa para ti? –preguntó él curioso.

–Pues... Un gran concierto y una gran noche de sexo son bastante buen principio... –dijo ella muy seria. Él se echó a reír–. ¿Y para ti qué significa?

–¿Ahora mismo? –dijo él bajando la cabeza para besarla–. Tenerte a ti, por supuesto.

Por suerte Petra estaba profundamente dormida cuando Scott entró a despertarla, y después había estado demasiado ocupada disfrutando del desayuno en la cama como para notar el aire ausente y cohibido de Anya mientras mordisqueaba un cruasán e intentaba mantener una conversación intrascendente con Scott.

Pero cuando el Jaguar se detuvo frente a la puerta del instituto, Petra no pudo dejar de observar cómo Scott se inclinaba hacia Anya y le daba un pausado beso en los labios.

–Eh, eh... Sin lengua, chicos. Ya sabéis que soy una adolescente impresionable –dijo con sorna mientras se echaba la mochila al hombro y abría la puerta.

–Sí, eres tan impresionable como un bloque de granito –replicó él secamente al tiempo que torcía el espejo retrovisor para que Anya, sofocada y ruborizada, se retocase los labios.

–¿Por qué has hecho eso? –protestó en voz baja–. ¿No has visto que nos miraba todo el mundo?

–¿Quién, los chicos? –respondió él–. Somos una pareja. Las parejas se dan besos de despedida.

«Somos una pareja». Aquello sonaba mucho menos transitorio que «somos amantes», pensó Anya. Aunque algunas parejas nunca llegaban al matrimonio y permanecían juntas toda la vida.

–De todas formas, acabarán enterándose –prosiguió él–. Yo no pienso esconderme, como hacíais Ransom y tú...

–¡No nos escondíamos! –protestó ella dignamente–. Solo éramos discretos. Además, Mark y yo no teníamos una aventura.

–Pero ibais a tenerla. ¿Si no por qué iba a invitarte a cenar el viernes?

–Quizá simplemente por disfrutar de mi exquisita conversación –dijo ella con aire ofendido–. Un hombre y una mujer pueden ser simplemente amigos, ¿sabes?

El fino oído de Scott detectó una sutil inflexión en su voz que parecía indicar algo.

–¿Eso fue lo que te dijo? ¿Que quería que fuerais amigos? ¿Y cuándo te lo dijo, antes o después de la cena?

–Durante –admitió ella con un suspiro, sabiendo que no iba a descansar hasta que se lo sacara.

Tan pronto como se habían sentado, Mark le había revelado que el propósito de su invitación era definir los límites de su relación. No quería que hubiera malentendidos, le había dicho, y su amistad era lo único que podía ofrecerle. Y dado que la intención de Anya era decirle lo mismo, la confesión había sido un alivio.

–De modo que a los dos nos dejaron nuestros desilusionados pretendientes el viernes por la noche –reflexionó él con una sonrisa–. Con lo cual no quedan cabos sueltos que puedan interponerse entre nosotros. Así que todo va bien, ¿no crees?

Tan bien que las tres semanas siguientes fueron una revelación para Anya. Quizá Scott no quisiera romanticismo, pero sabía muy bien cómo hacer que una mujer se sintiera especial. Y el hecho de ser la única destinataria de sus atenciones hizo que aumentaran la confianza de Anya en sí misma y sus esperanzas de que aquello tuviera futuro, a pesar de que intentaba mante-

ner los pies en el suelo. No recibía de él flores y cora-
zones, pero sí cajitas de chocolate, velas perfumadas y
brotes de plantas para su jardín que para ella valían
más que diamantes.

La primera noche, él había acudido a su casa después de acostarse Petra, y tras pagar a la señora Lee
una exorbitante cantidad de dinero por quedarse y hacer de canguro. Entonces, habían conjurado la febril
fantasía que Anya había tenido durante su baño con
una realidad mucho más deslumbrante. En la enorme y
humeante bañera Scott había comprobado una vez más
su flexibilidad y sus extraordinarias dotes para el atle-
tismo sexual y la más completa satisfacción de ambos.

Aquello había marcado la pauta de su relación. La
mayoría de las noches ella acudía a cenar a Los Pinos
con Scott y Petra, o él acudía a su casa a última hora.
No siempre hacían el amor, aunque la pasión que había
entre ellos siguió creciendo con la familiaridad. A veces simplemente hablaban, y en aquellas largas con-
versaciones Anya encontraba más cosas que amar en
él.

Entre otras cosas supo que Scott donaba grandes
sumas de dinero a un fondo de becas para que los
alumnos con menos recursos del instituto de Hunua
pudieran continuar sus estudios, y que prestaba aseso-
ramiento legal gratuito a un centro de mujeres maltra-
tadas. También le contó que había hablado con Lorna y
Ken para comunicarles que había creado un fondo con
el que costearía la educación musical de su hija, y le
confesó que temía el cada vez más próximo momento
de la partida de Petra.

—Es como si ahora que empiezo a conocerla de verdad fuera a perderla otra vez —dijo mientras tomaban
un café en el sofá de su casa después de un agotador

fin de semana que habían dedicado a mostrar a Petra los alrededores de Auckland.

–No la vas a perder –le tranquilizó ella, acurrucada a su lado–. Habéis establecido lazos muy fuertes. Volveréis a veros pronto.

–Sí, esta vez las cosas van a ser muy diferentes.

El único punto de conflicto entre ellos era la tajante negativa de Anya a pasar la noche en Los Pinos o a hacer el amor con él allí. Ni los hábiles argumentos de Scott ni su gran poder de persuasión habían conseguido hacerle cambiar de idea. Anya deseaba con todo su corazón hacer de aquella casa su casa, pero temía que con ello la superase la intensidad de sus sentimientos y perder el poco control que aún tenía sobre su relación. Utilizaba a Petra como excusa, pero ambos sabían que había algo más, y cuando Petra se fuera, no tendría más excusas. El momento de la verdad se aproximaba, entre otras cosas porque ya se amontonaban en su ordenador los e-mails cada vez más insistentes de Kate.

Y aquel momento llegó antes de lo que Anya esperaba. Un sábado por la mañana, Scott tuvo que acudir a una vista en Auckland y pidió a Anya que se quedase haciendo compañía a Petra hasta que él volviera.

–No tardaré. Por cierto, ¿conoces a un tal Russell Fuller?

Anya negó con la cabeza.

–¿Es alguien del pueblo?

–Es un periodista. Me llamó ayer para preguntarme si podía venir a ver la casa y preguntarme algunas cosas sobre Kate Carlyle.

Anya sintió que el corazón le daba un vuelco. Él la observó atentamente al ver cómo se contraían sus pupilas.

–De modo que sí lo conoces.

–No, he oído hablar de él –confesó insegura–. Kate me dijo que un periodista estaba escribiendo algo sobre ella y que era posible que viniera.

–No me apetece mucho revolver cenizas apagadas, pero es evidente que Kate le dijo que yo le había comprado Los Pinos. Dios sabrá qué más le puede haber contado. Insistió bastante en que yo podía ayudarlo, y pensé que era mejor recibirlo y averiguar qué quiere exactamente en lugar de negarme a hablar con él y avivar su curiosidad. Quedamos en que vendría esta tarde. Si quieres quedarte, por mí no hay problema.

Se despidió de ella con un cálido beso, y Anya permaneció un rato en la puerta consumida por la desesperación. Debía habérselo dicho, pero no lo había hecho por miedo a destruir la preciosa confianza que había depositado en ella, y ahora era demasiado tarde. ¿A quién debía lealtad, a la brillante y egoísta Kate, su prima, o a Scott, el hombre al que amaba? Fuera cual fuese su elección, alguien iba a sufrir. La cuestión era qué alternativa haría menos daño a menos personas.

La escalerilla crujió al desplegarse desde la trampilla que se abría en el techo de la habitación, y al asomarse al desván Anya comprobó que estaba tan lleno de polvo y telarañas como Scott había dicho. Alzó la vela que había tomado del salón y su trémula llama iluminó el oscuro espacio lleno de trastos viejos. No había querido pedir una linterna a la señora Lee para no despertar sus sospechas, y simplemente le había pedido unas cerillas. Tampoco había tenido que dar explicaciones a Petra, enfrascada en su práctica matutina de piano.

Avanzó con cuidado entre las vigas de madera que le impedían ponerse totalmente en pie. De inmediato se puso a buscar la pequeña caja de metal que Kate le había descrito y no tardó en encontrarla encajada detrás de una de las vigas.

Dejó la vela sobre un cajón de madera y abrió la tapa. El polvo que había acumulado durante aquellos años la hizo toser levemente. El diario verde de Kate estaba encima de todo, y Anya lo sacó y se puso a curiosear entre los álbumes, fotos sueltas y papeles, dejando aparte todo lo que estaba escrito en la característica letra elegante e inclinada de Kate y entreteniéndose a veces con alguna foto que creía recordar o curiosos documentos familiares. Al darse cuenta de repente de que el tiempo volaba, cerró la caja apresuradamente y recogió el puñado de documentos que pretendía escamotear.

Al volverse tiró con el codo la vela, que se apagó al caer al suelo, y entonces cayó en la cuenta de que no sabía dónde había dejado las cerillas. Por suerte el cuadrado de luz que subía desde la habitación guió sus inseguros pasos hasta la trampilla, pero cuando descendía apresurada y temblorosamente los escalones se le resbaló el diario de Kate, que cayó al suelo con un ruido seco. Varios papeles volaron de entre sus páginas, y al recogerlos le llamó la atención uno que llevaba el membrete de un ginecólogo.

En ningún momento había pretendido leer los documentos personales de Kate, consciente de que ya había violado de sobra su código ético, pero no pudo evitar leer lo que tenía delante de los ojos.

Kate se había hecho una prueba de embarazo en la consulta de aquel ginecólogo de Manukau City cinco años atrás. El resultado había sido positivo. A la vista de la excelente salud física y mental de la señorita Carlyle, en cumplimiento de las leyes de Nueva Zelanda no había motivo alguno para interrumpir artificialmente el embarazo, de modo que si deseaba hacerlo tendría que ser fuera del país.

Kate, que creía que los hijos eran la razón de que tan pocas mujeres alcanzaran el éxito en nuestra sociedad. Kate, que en los cinco años que habían transcurrido desde su aventura con Scott se había recuperado de sus problemas económicos y del momentáneo bache que había atravesado su vida profesional y que desde entonces no había dejado de dar conciertos, grabar discos y aparecer en los medios de comunicación. No era de extrañar que sintiera pánico ante la idea de que Scott descubriera aquello.

–¿Qué estás haciendo? –los ojos de Scott volaron de la escalerilla del desván a su aterrado rostro–. Suspendieron la vista porque el juez estaba enfermo –explicó con voz ausente, sorprendido pero sin sospechar nada aún–. La señora Lee me dijo que creía que estabas arriba. Oí ruidos y pensé que había ratones en el desván. ¿Eras tú? ¿Qué estabas haciendo ahí arriba? ¿Qué tienes ahí?

Anya estaba completamente paralizada, y antes de que pudiera reaccionar el papel que tenía en las manos cayó a los pies de Scott, que lo recogió vacilante junto con el diario de tapas verdes. Al ver lo que tenía en las manos su rostro se tornó blanco como el papel.

Levantó de nuevo la vista, y entonces Anya vio en sus ojos azules la más horrible devastación y comprendió que estaba contemplando la muerte de un sueño.

Capítulo 9

SCOTT no dijo una palabra. No era necesario. Su mirada vacía lo decía todo. Anya se sintió desfallecer. Podría haberse defendido contra su ira, pero su dolor era más de lo que podía resistir. Ahora lo conocía bien, y sabía lo que debía sentir ante aquella prueba flagrante de la traición de la mujer que había dicho que lo amaba.

Se volvió lentamente y salió de la habitación con la carta en una mano y el diario en la otra. Con pasos de autómata se dirigió a lo largo del pasillo hacia su dormitorio.

Anya fue tras él. No podía hacer otra cosa. Él no había cerrado la puerta. Estaba de pie, junto al gran ventanal del dormitorio, y hojeaba con aire ausente el diario. Anya había olvidado la carga que aún llevaba en sus manos, y se apresuró a dejar el resto de cartas y papeles sobre la mesita que había junto a la puerta. Sus manos temblorosas intentaron alisar los costados de su vestido rosa pálido.

—Scott, siento mucho que...

—Así que Kate olvidó algunos papeles comprometedores cuando se fue, y después de lo que había hecho no tuvo el coraje de pedírmelos ella misma —dijo él con voz monótona, como si estuviera leyendo en voz alta—. Y se le ocurrió enviar a su astuta primita para que se metiera en mi casa a ver si podía quitarme esos papeles.

Levantó la cabeza y dirigió a Anya una mirada relampagueante. Su inteligencia apartaba a un lado la conmoción y tomaba las riendas de la situación.

–Qué frustrante debió de ser para ti ver que yo estaba trabajando en casa y Sam había ocupado la habitación que daba acceso al desván. Ahora entiendo que no quisieras dormir aquí. Lo que menos te interesaba era animar aún más a un amante apasionado que podría sentirse inclinado a buscar tu compañía en todo momento. Qué estúpido fui al confiar en ti. Estabas esperando a que Petra se fuera para hacer tu trabajo. Yo pensé que no querías comprometerte en una relación para la que todavía no estabas preparada, y tú simplemente te resistías a prostituirte aún más de lo que ya lo habías hecho.

A Anya se le hizo un nudo en la garganta. Aquello le recordaba demasiado otra discusión que habían tenido, pero esa vez no podía protegerse con el escudo de la inocencia.

–Cuando me he acostado contigo ha sido por una única razón. Porque quería –dijo con voz temblorosa–. Es verdad, Kate me pidió que intentara recuperar unos papeles que le pertenecían sin que tú te dieras cuenta...

–¿Y esta ha sido tu primera oportunidad de hacerlo? ¿Por qué ahora mientras Petra todavía estaba aquí? –su rostro se endureció al caer en la cuenta–. Quizá temías que esta fuera tu última oportunidad. Claro, por supuesto –dijo con una risa amarga–. Ese periodista. Esa es la razón de tanta urgencia. Dios, Kate sabía perfectamente que esto podía ser dinamita si caía en ciertas manos.

Levantó el puño con la carta arrugada y lo sacudió delante del rostro de Anya.

–¡Se hizo el maldito aborto! ¿Verdad? –exclamó con voz ronca–. Por eso desapareció de repente. Se fue al extranjero y abortó sin siquiera decirme que estaba embarazada de mí, ¿verdad? ¿Verdad?

–Realmente no lo sé. Supongo... –Anya entrelazó las manos sobre su vientre.

–¿Supones? Lo sabes perfectamente. Se quedó embarazada por descuido, y siendo como es, solo pensó en lo que la afectaba a ella. ¿Cómo iba a dejarse atar por nada a mí, a alguien que simplemente le había servido para entretenerse mientras su agente resolvía sus problemas económicos?

–Yo no sabía nada hasta que he visto esa carta hace un momento –se defendió Anya–. Ella solo me dijo que eran unos diarios y que no quería que los vierais ni tú ni ese periodista.

–Y tú lo aceptaste sin el menor reparo –dijo él despectivo–. ¿De verdad crees que eso te justifica? ¿No te preguntaste si estaba bien lo que te pedía? ¿No te preocupó el hecho de que fuera un acto ilegal y deshonesto?

Ella se humedeció los pálidos labios.

–Yo... claro que sabía que estaba mal, pero es mi prima. Puede que no fuera totalmente sincera contigo, pero nunca te he mentido, Scott...

–Oh, vamos. Sabía que me ocultabas algo, pero no sabía qué. Ahora lo sé. Era esto lo que tenías en la cabeza durante todo el tiempo que hemos estado juntos –dijo tirando al suelo la bola de papel arrugado y el diario–. Maldita sea, si me lo hubiese pedido me habría sentido feliz de poder deshacerme de cualquier cosa que tuviera que ver con ella.

–Ella tenía miedo de que lo utilizaras en su contra para vengarte...

–¿Kate... miedo? Admítelo, Anya. Te ha utilizado,

y tú te has dejado utilizar. Ella intentaba demonizarme para no sentirse culpable, pero tú... ¿No me conocías lo suficiente como para ser sincera conmigo? –se dio media vuelta, puso las manos a ambos lados de la ventana y apoyó la frente en el cristal–. Dios, ¿qué me pasa con las mujeres que me atraen...? Primero Lorna, después Kate, ahora tú... He tenido dos amantes que me privaron de mis hijos, y la tercera conspira para tapar un secreto miserable. Y no me digas que una mujer tiene derecho a decidir sobre su propio cuerpo. Puede que sea así, pero si ese es un principio por el que vale la pena luchar, ¿por qué tuvo que hacer Kate lo que hizo? Sin contármelo, sin consultarme, sin el menor respeto por la vida que habíamos creado juntos... Se deshizo de mi hijo sin más. Al menos Lorna tuvo la decencia de contarme lo que iba a hacer y mantuvo la apariencia de que mi opinión significaba algo.

Sus palabras se clavaban en el corazón de Anya como cuchillos.

–Puede que simplemente tuviera un aborto natural... –aventuró Anya, atreviéndose a posar una mano suave y compasiva sobre su rígida espalda. Pero sus músculos se endurecieron aún más al sentir el contacto.

–Sabes tan bien como yo que no fue así –Scott se pasó una mano por la cara y se volvió hacia ella–. Por Dios, Anya, si estuvieras embarazada, espero que no se te ocurra intentar huir sin decírmelo –dijo con expresión feroz e intensa–. Puedes pensar que no sería un buen padre, pero no vas a ser la tercera mujer en mi vida que me impida ser padre de mis hijos.

–Jamás haría algo así –dijo ella entrecortadamente intentando contener las lágrimas que se agolpaban en su garganta.

–¿Cómo puedo saber de lo que eres capaz? A pesar

del tiempo que hemos pasado juntos, no te conozco en absoluto.

–Sabes que no podría hacerle el menor daño a un hijo tuyo –dijo ella con ojos suplicantes–. Y no tengo la menor duda de que algún día serás un padre extraordinario. Siento haber permitido que Kate me involucrara en su problema, pero de verdad no sabía cómo resolverlo. Si te lo oculté no fue por falta de confianza. Creí que ante todo debía lealtad a mi familia, pero cuando me enamoré de ti ya no sabía qué hacer...

–¿Que te enamoraste? –exclamó él despreciativo–. Tu prima y tú habláis de amor muy a la ligera, pero no tenéis ni idea de lo que significa.

–Cuanto más me enamoraba de ti más furiosa y más celosa de Kate me sentía –continuó ella, decidida a abrirle su corazón–. Y dudé sobre lo que debía hacer hasta que fue demasiado tarde. Solo puedo decir que siento haberte engañado. Te quiero y temía perderte, e intenté convencerme de que no pasaba nada. Y esperaba que tú llegaras a sentir algo por mí –su voz pareció quebrarse, pero hizo un esfuerzo por seguir–. Temía que si te decía algo lo que había entre nosotros se rompiera. He sido una cobarde, y me avergüenzo por ello, pero nada hará que me arrepienta de amarte...

–¿Nada? ¿Estás segura?

El tono ácido y mordiente de la voz de Scott indicaba que lo peor estaba por llegar. Quería hacer sufrir a Anya como él estaba sufriendo. Ella alzó la barbilla desafiante, con los brazos colgando a los lados de su vestido de seda rosa.

–No me avergüenzo de lo que siento por ti.

–Demuéstralo –dijo él con una sonrisa cruel. Se acercó a la puerta, la cerró de un golpe y se apoyó contra ella con los brazos cruzados.

–¿Qué quieres decir? –Anya se humedeció los labios resecos.

–Lo sabes muy bien. Demuéstrame esos sentimientos. Quiero ver si es verdad que no te avergüenzas. Quítate la ropa. Quiero que me hagas el amor como si lo que dices fuera verdad. Muéstrame cuánto me amas.

–No voy a permitir que degrades lo que ha habido entre nosotros –Anya tragó saliva. No iba a acobardarse ante su agresivo cinismo, pues era precisamente lo que él quería.

–Sabía que no eras capaz. El amor como forma de manipulación tiene sus límites, ¿verdad, Anya? El problema surge cuando hay que defender las palabras con hechos –dijo él mientras se apartaba de la puerta.

Pero se detuvo en seco al ver las manos temblorosas de Anya desabrochar el botón superior de su vestido. La observó en silencio mientras hacía lo mismo con los dos siguientes, mostrando la camisola de encaje que llevaba debajo. Los dos respiraban pesadamente cuando ella llegó al botón de la cintura, pero de repente él la agarró por las muñecas con fuerza dejando escapar una maldición.

–¿Realmente piensas humillarte así? ¿Por qué? No va a cambiar nada –le recriminó.

–¿No me has pedido que te demostrase mis sentimientos? –preguntó ella. Inclinó la cabeza y besó una de las manos que la sujetaban–. ¿Qué tiene de humillante amar a un hombre al que respeto y admiro?

Scott apartó su mano y hundió los dedos en su sedoso pelo. Entonces tiró de ella obligándola a enfrentarse a sus ojos.

–Lo único que vas a demostrar es que no necesitamos confiar el uno en el otro para disfrutar del sexo –susurró furioso.

La atrajo contra su cuerpo y aplastó su boca en un beso lascivo y vacío de pasión. Anya se quedó inmóvil mientras él le abría el vestido con sus grandes manos y acariciaba sus pechos a través de la camisola de satén. Sus movimientos eran fríos y calculados, y Anya reprimió las lágrimas que la ahogaban.

En cambio levantó las manos y tomó en ellas el furibundo rostro de Scott. Ante su delicado gesto él profirió un hosco gruñido de protesta, pero de repente la cualidad del beso cambió, su agresividad se convirtió en un hambre insaciable y sensual y sus bocas se fundieron. Sus fuertes manos empezaron a moverse más lentamente y un tipo diferente de fuerza empezó a tensar su enorme cuerpo. Anya se estremeció y dejó escapar un suave gemido cuando él le arrancó el vestido y empezó a mordisquear su blanca carne mientras se quitaba apresuradamente la chaqueta y la camisa y se bajaba de un golpe enérgico la cremallera de sus pantalones.

—Esto no cambia nada —advirtió mientras le quitaba de un tirón las braguitas y la lanzaba sobre la cama.

—Lo sé... lo sé... —dijo ella en un susurro dándole la bienvenida con las piernas abiertas para ofrecerle la única clase de amor que él parecía estar dispuesto a aceptar.

Él se introdujo pesada y profundamente en su interior y empezó a moverse con furiosa pasión. Anya, consciente de que la rabia intensificaba el impulso sexual por naturaleza dominante de Scott, se plegó ardientemente a todas sus exigencias en una cópula rápida e intensa pero profundamente satisfactoria.

Al terminar, en vez de permanecer abrazado a ella, se levantó antes de que se enfriara el sudor que cubría su cuerpo y, en silencio, lanzó a Anya su ropa. Los dos se vistieron rápidamente, y cuando Anya se dirigía en silencio hacia la puerta él la detuvo.

–¿No te olvidas de algo? –Scott puso en sus manos el diario verde de Kate y el papel arrugado–. Era esto lo que querías, ¿verdad? Llévatelo. Para mí no significa nada. Está muerto, como tu prima.

«¿Y yo?», pensó ella. Pero no se atrevió a preguntárselo en voz alta. Al menos se estaba mostrando educado. ¿Quizá era una buena señal?

–¿Qué vas a decirle a ese periodista? –consiguió preguntarle mientras bajaban las escaleras.

–Lo menos posible –dijo él con una rápida mirada a su reloj–. Vendrá a las dos. Dile a Petra que estaré fuera hasta entonces.

–¿Adónde vas? –preguntó Anya involuntariamente, pero vio en su mirada que todavía quedaba mucha rabia en su interior.

–No tengo por que dar explicaciones a nadie, y menos a ti –le espetó mientras abría la puerta.

–¿Aún quieres que me quede con Petra?

–Tú debes de ser masoquista –dijo él dándose media vuelta y agarrándola por los hombros–. ¿Qué quieres que te diga? Lo que quiero es que desaparezcas de mi vista. Ahora mismo no te quiero cerca de mí, ni de mi casa, ni de mi hija. ¿Lo he dicho bastante claro?

El portazo pareció hacer temblar toda la gran casona.

–¿Qué pasa, es que papá y tú os habéis peleado? –preguntó Petra con expresión preocupada desde la puerta de la sala de música. Anya asintió y la muchacha se acercó–. ¿Pero muy en serio?

–Me temo que sí –dijo Anya, temiendo que se le saltaran las lágrimas–. Tu padre ha dicho que volvería hacia las dos. Me temo que tengo que irme. ¿Puedes despedirme de la señora Lee?

Recogió su bolso y se puso a buscar torpemente las llaves del coche mientras apretaba bajo el brazo los papeles culpables de toda aquella situación. Petra la acompañó hasta su coche.

—Pero vas a volver, ¿verdad?

—No lo sé —dijo Anya apretando las llaves con fuerza.

—¿Es que no vas a seguir dándome clases?

—De eso tampoco estoy segura. No sé si tu padre querrá que siga viniendo.

—¿Tan seria ha sido la cosa? —Petra parecía asustada—. Pero no vais a romper, ¿verdad? Anya... No podéis... La semana que viene me vuelvo a casa. ¿Qué va a ser de papá? Sabes que se va a quedar destrozado, y si tú no estás con él no sé qué va a hacer...

Las lágrimas no dejaban a Anya ver la cerradura del coche. ¿Por qué no entraría la maldita llave? Finalmente consiguió hacerla entrar y abrió la puerta.

—Tu padre es un hombre adulto. Vivía muy feliz aquí él solo antes de que llegaras, y tiene muchos amigos.

—Ya, pero ahora se ha acostumbrado a tenernos a nosotras en casa, ya sabes, como si fuera una familia... —Petra le sujetó la puerta mientras subía al coche—. ¿Y qué va a pasar con el perrito?

Anya la miró sin entender nada.

—¿Scott te ha regalado un perrito?

Era un regalo bastante absurdo para una niña que estaba a punto de irse. ¿O quizá pretendía con ello atraerla para que volviera?

—No es para mí, es para ti. Papá me dijo que habías pensado comprarte un perro, así que fuimos a comprarte uno. Pero todavía no podíamos dártelo porque tiene que estar con su madre hasta que crezca lo suficiente, y papá quería que fuera una sorpresa. Te lo dará aunque os hayáis enfadado, ¿verdad?

¿Un perrito? ¿Scott le había comprado a ella un adorable y tierno cachorrito? Aquel fue el adorable y tierno pensamiento que la mantuvo despierta toda aquella noche y el largo, gris y solitario domingo siguiente.

Regalar un perrito no era como regalar unos bombones, se repetía una y otra vez. Era un regalo que implicaba un serio compromiso por parte de la destinataria y una gran confianza por parte de quien lo regalaba. Aquello solo podía significar que los sentimientos de Scott hacia ella eran mucho más complejos y profundos de lo que había admitido. Pero en aquel punto siempre se presentaba la misma disyuntiva: se podía confiar en una persona sin amarla, pero no podía haber amor sin confianza. Y Anya temía que en la mente de Scott ella ya estaría asociada para siempre con las otras dos mujeres que habían traicionado su confianza.

Varias veces había estado a punto de descolgar el teléfono, ¿pero qué podía decirle? ¿«Estaba pensando en ti»? Aquello no era ninguna novedad. ¿«Quiero hablar contigo»? Eso también lo sabía de sobra. Por difícil que le resultase, tenía que esperar a que él hiciera el siguiente movimiento. Y lo haría, de eso estaba convencida, porque sabía que no le gustaba dejar cabos sueltos. Probablemente querría hacerle más preguntas, ya que durante la discusión apenas la había dejado hablar. Y le había dicho que se fuera, pero no que no quisiera volver a verla. Y por otra parte sabía que con solo mover un dedo ella correría de nuevo a sus brazos.

Y también estaba Petra, que sin duda utilizaría toda su influencia en favor de ella....

La intensidad de sus emociones la había agotado

por completo, y el lunes por la mañana se despertó tan deprimida que hizo algo que nunca había hecho en su vida: llamó al trabajo y dijo que estaba enferma. Por ello pensó que era cosa del destino que minutos después recibiera una llamada telefónica de Russell Fuller y se dejara convencer para hablar con él a última hora de la mañana. Había estado a punto de poner su supuesta enfermedad como excusa, pero al final decidió que era mejor acabar con aquello de una vez por todas.

Russell Fuller resultó no ser el retorcido periodista sin principios que Anya esperaba, sino un fornido pelirrojo de aire serio que no solo había registrado su conversación en una grabadora, sino que estuvo tomando rápidas notas en una especie de taquigrafía durante todo el tiempo que hablaron. Le mostró los viejos álbumes de fotos que Scott Tyler había encontrado en Los Pinos al insistir Fuller en que, según Kate, probablemente seguían en el desván de la casa donde había pasado su infancia. Anya dio un suspiro de alivio al ver cómo él pasaba inmediatamente a una serie de preguntas, en su mayoría sobre viejas historias y anécdotas de la infancia de Kate en la granja y en Nueva York.

Anya respondió con brevedad y concisión a las preguntas sobre la vida adulta y la personalidad de su prima, pero fue un último comentario del periodista, después de apagar su grabadora, el que la desconcertó por completo.

—Así que... parece cosa del destino que acabéis juntos Scott Tyler, el dueño de la casa de Kate, y tú.

—¿Cómo dices? —preguntó Anya, temiendo una trampa por parte del periodista.

—Bueno, Tyler y tú estáis enamorados, ¿no? Pensé que lo lógico sería que acabarais viviendo allí.

—¿Quién te ha dicho eso? —preguntó secamente.

Él guardó la grabadora en su cartera.

–Tyler, el mismo sábado. Fue muy amable cuando fui a verle a Los Pinos. Me contó que Kate había sido una dura negociadora en la venta de la casa, pero parecía más interesado en hablar sobre ti que sobre ella.

–¿Te dijo que yo estaba enamorada de él? –Anya estaba desconcertada y furiosa. ¿Eso le había dicho a un absoluto desconocido?

–Pues... no, no exactamente. Más bien creo que hablaba de sí mismo –respondió Fuller mientras rebuscaba en su cuaderno de notas.

Anya creyó que iba a caerse de la silla.

–¿Qué fue lo que dijo exactamente? –preguntó con voz tensa.

–¿Quieres sus palabras exactas? Aquí está. «Sin duda Kate era una mujer brillante, pero es su prima la que ha conquistado mi corazón. Anya tiene una gracia serena y una belleza interior que me conquistan cada vez que la veo. Creo que en el fondo me di cuenta el día que la conocí, y que la amé desde antes de saber que podía hacerlo». No está mal la frase.

–Pero eso te lo comentó confidencialmente, ¿no? –dijo Anya con voz ahogada.

–No. También lo tengo en cinta –respondió él con una sonrisa de complicidad–. ¿Por qué, quieres que te haga una copia para ponérsela cada vez que discutáis?

Evidentemente Fuller estaba deseando que Anya le ofreciera una segunda taza de té, pero cuando quiso darse cuenta lo estaba empujando hacia la puerta de la calle sin contemplaciones.

Los dedos de Anya temblaban mientras marcaba en el teléfono de la cocina el número que aparecía en la tarjeta de visita que había sacado de la cartera.

–Me gustaría concertar una cita con Scott Tyler, por favor. Para hoy. Me llamo Anya Adams.

La voz que sonó al otro lado de la línea era amable pero firme.

—Lo lamento, pero el señor Tyler no tiene ninguna hora libre para el día de hoy.

Anya agarró el teléfono con las dos manos.

—¿Pero está en su despacho?

—Oh, sí —dijo la telefonista—, pero como le he dicho, señorita Adams, no tiene...

—Gracias —Anya colgó rápidamente el auricular.

Anya se tomó el tiempo necesario para seleccionar cuidadosamente la ropa que iba a ponerse y dedicó una atención especial a su peinado y maquillaje. Subió a su coche con la esperanza de tener un aspecto sereno y confiado, y tuvo que hacer un esfuerzo para no dejarse vencer por la tensión y los nervios en la hora que tardó en llegar hasta el centro comercial de Manukau City, donde Scott tenía sus oficinas. Pasaron quince minutos más hasta que pudo dejar el coche, y al subir en el ascensor los nervios se apoderaron de ella.

Las oficinas de Tyler & Asociados no eran tan imponentes como había esperado. Estaban decoradas con buen gusto, y no intentando impresionar. La atmósfera era informal y por la gente que iba y venía y el número de personas que aguardaban hojeando revistas en la sala de espera, el negocio iba bien.

Anya se estiró bien la chaqueta de su elegante traje azul pastel y se acercó al mostrador de recepción. Pero cuando iba a abrir la boca se adelantó la recepcionista.

—La señorita Adams, ¿verdad?

—Sí... —Anya se preguntó si se conocían. ¿Podía ser una antigua alumna, quizás?

—¡Julie! —la recepcionista hizo una seña a una mujer algo mayor, que se acercó—. Viene a ver a Scott.

—Oh, sí, por supuesto —Anya reconoció la voz con

la que había hablado por teléfono–. Gracias, Melissa.
¿Señorita Adams? Acompáñeme, por favor.

–Pero no...

–No tiene cita, lo sé –la mujer le dirigió una mirada
de educada complicidad–. Scott entró justo cuando estábamos hablando. Tengo que decir que la describió a
la perfección.

Anya frunció el ceño.

–¿Quiere decir que me está esperando?

–Bueno, ahora sí. Melissa ya le ha avisado para que
se deshaga de su cliente.

Anya se aferró al bolso color crema.

–Tampoco quiero molestarlo, puedo esperar...

Pero era demasiado tarde para echarse atrás. En ese
momento, entraban en un gran despacho y veía cómo
Scott cerraba una puerta lateral y giraba en redondo
para recibirla. Tenía un aspecto maravilloso, pero no
había ningún signo de bienvenida en sus ojos. Solo
una atenta reserva.

–Veo que los delincuentes pagan bien –dijo ella secamente tras echar un vistazo a su alrededor.

–¿Has venido a evaluar mis posesiones? –dijo él
arrastrando las palabras.

–No, lo siento. No sé por qué he dicho eso.

–Estás nerviosa. Siéntate.

Scott le indicó la butaca que había frente a su escritorio, pero en vez de tomar asiento al otro lado en su sillón de cuero se sentó sobre el borde del escritorio frente a ella, con las piernas relajadas, extendidas, un
tobillo sobre otro, y los brazos cruzados sobre el pecho.

–¿Por qué no estás en clase?

–He dicho que estaba enferma.

Él apoyó las manos en los bordes de la mesa y se
inclinó hacia ella mirándola fijamente.

—¿Te encuentras mal?

—Me apetecía tomarme el día libre.

—¿Y has venido a pasarlo a mi despacho? ¿O necesitas mi consejo como profesional? Si has decidido dedicarte al robo de casas quizá deberías contratarme. No parece que se te dé muy bien.

El corazón de Anya se aceleró al percibir el tono burlón de sus palabras. Al menos aún podía bromear...

—Russell Fuller vino a verme hace un par de horas.

—¿Ah, sí? —Scott alzó perezosamente una ceja, pero Anya observó que sus dedos se apretaban contra el borde del escritorio. Estaba tan nervioso como ella, pero lo ocultaba mucho mejor.

—Sí. Y me ha dicho ciertas cosas. Cosas que tú le dijiste. Sobre nosotros dos —dijo en tono desafiante—. ¿Eran ciertas?

—¿Tú qué crees?

Lo miró en silencio, debatiéndose entre el miedo y la esperanza. De repente se sintió cansada de tener que plantarle cara y empezaron a arderle los ojos.

—Creo que si necesitas a una tercera persona para decirme lo que sientes... nuestra relación no debe tener mucho futuro —susurró y una lágrima descendió por su mejilla.

Instantáneamente, Scott se lanzó hacia ella, la levantó de la silla y la apretó contra su pecho con aquellas grandes manos.

—Dios mío, no... No llores. Por favor, no llores. Claro que es verdad, Anya. Pero es que me negaba a creerlo. Claro que te quiero. Por eso me hizo tanto daño lo que ocurrió. Pero mientras hablaba con Fuller lo comprendí todo, y pasé el resto del fin de semana torturándome. Tú dijiste que tenías miedo de perderme. Imagínate el terror que sentía yo. Nunca me había sentido así en toda mi vida adulta. Siempre había estado solo. Entonces apareció Petra, y tú irrumpiste en mi vida. Me había hecho una imagen tuya que quería odiar, pero te deseaba. Y mi corazón ya me estaba tendiendo la trampa. Cuando te seduje, sabía que no eras de las que se acuestan con un hombre sin sentir un vínculo emocional más profundo, pero no pude resistirme.

Sus brazos la envolvieron posesivamente, como intentando absorber todo su ser.

—Y resultaste ser lo mejor que me había pasado jamás. Tú hiciste que quisiera ser marido, padre... y que quisiera serlo contigo. Sabía que no te parecías en nada a Lorna o Kate, pero por eso podías hacerme mucho más daño que ellas, y mi instinto de protección pudo más. Pero ya no puedo seguir viviendo en ese vacío. Necesito que me ames, y te prometo que aprenderé a ser más abierto. Tú puedes enseñarme. Pero deja de llorar. No soporto verte llorar —murmuró cubriendo su rostro húmedo de besos.

—¿Y qué esperas que haga contigo? —susurró ella contra su pecho.

—No lo sé, grítame, abofetéame, ríete...

—Estás loco...

—Sí. Loco por ti. ¿Por qué si no iba a hacer algo tan estúpido como lo que hice? Fuller me dijo el sábado que iba a ir a verte el lunes, así que lo llamé anoche a su hotel y le pedí que te contara lo que le había dicho sobre ti.

—¿Por qué no viniste a decírmelo tú? —Anya intentaba enfadarse con él, pero la alegría que desbordaba su corazón lo hacía imposible. Scott apoyó la cabeza en su hombro.

—Me sentía avergonzado —confesó con voz insegura—. Me habías dicho que me amabas y yo te había despreciado. Te llamé prostituta y luego te traté como si lo fueras. Utilicé el sexo para intentar mostrarte que no significabas para mí. Pensé que tenías que odiarme por eso y no me atrevía a mirarte a la cara. ¿Cómo era posible que amaras a un hombre que te trataba así?

Anya se enjugó las lágrimas, temblorosa pero más segura que nunca de lo que sentía.

—Es un trabajo duro, pero alguien tiene que hacerlo.

Él alzó la mirada y se encontró con su resplandeciente sonrisa.

—Y tienes que ser tú. Tú y solo tú.

—Hmm... —Anya apoyó las manos sobre su poderoso pecho y lo miró a los ojos—. ¿Cuál es la paga y las condiciones?

—No hay paga, pero sí grandes recompensas. En cuanto a las condiciones... Tendrás que casarte conmigo, venir a vivir a Los Pinos y dejar que te seduzca y te quite esa escandalosa ropa interior todas las noches. Y deberás ser la madre de mis hijos, la segunda madre de mi brillante pero descarada hija, y llenar mi casa con todo el amor y la risa que pueda contener.

—¿Y un perrito? —preguntó con picardía mientras jugueteaba con uno de los botones de su chaleco—. Una familia no está completa sin un perrito.

—Puede... —respondió él con una sonrisa—. Pero solo si eres buena.

Ella inclinó la cabeza a un lado e introdujo las manos bajo su chaqueta para agarrar su cintura, apretando las caderas contra su vientre y empujándolo contra el borde de la mesa.

—Oh, soy muy, muy buena... —ronroneó.

Con los ojos brillantes de deseo, Scott besó aquella húmeda boca. Anya se dejó arrastrar por el arrebato de pasión mientras dejaba volar la imaginación pensando en lo mal que se iba a portar...

Acepte 2 de nuestras mejores novelas de amor GRATIS

¡Y reciba un regalo sorpresa!

Oferta especial de tiempo limitado

Rellene el cupón y envíelo a

Harlequin Reader Service®
3010 Walden Ave.
P.O. Box 1867
Buffalo, N.Y. 14240-1867

¡Sí! Por favor, envíenme 2 novelas de amor de Harlequin (1 Bianca® y 1 Deseo®) gratis, más el regalo sorpresa. Luego remítanme 4 novelas nuevas todos los meses, las cuales recibiré mucho antes de que aparezcan en librerías, y factúrenme al bajo precio de $2,99 cada una, más $0,25 por envío e impuesto de ventas, si corresponde*. Este es el precio total, y es un ahorro de más del 10% sobre el precio de portada. !Una oferta excelente! Entiendo que el hecho de aceptar estos libros y el regalo no me obliga en forma alguna a la compra de libros adicionales. Y también que puedo devolver cualquier envío y cancelar en cualquier momento. Aún si decido no comprar ningún otro libro de Harlequin, los 2 libros gratis y el regalo sorpresa son míos para siempre.

416 BPA CESL

Nombre y apellido	(Por favor, letra de molde)
Dirección	Apartamento No.
Ciudad	Estado Zona postal

Esta oferta se limita a un pedido por hogar y no está disponible para los subscriptores actuales de Deseo® y Bianca®.
Los términos y precios quedan sujetos a cambios sin aviso previo.
Impuestos de ventas aplican en N.Y.

Bianca®...
la seducción y fascinación del romance

No te pierdas las emociones que te brindan los títulos de Harlequin® Bianca®.

¡Pídelos ya! Y recibe un descuento especial por la orden de dos o más títulos.

HB#33547	UNA PAREJA DE TRES	$3.50 [
HB#33549	LA NOVIA DEL SÁBADO	$3.50 [
HB#33550	MENSAJE DE AMOR	$3.50 [
HB#33553	MÁS QUE AMANTE	$3.50 [
HB#33555	EN EL DÍA DE LOS ENAMORADOS	$3.50 [

(cantidades disponibles limitadas en algunos títulos)

CANTIDAD TOTAL	$ _____
DESCUENTO: 10% PARA 2 Ó MÁS TÍTULOS	$ _____
GASTOS DE CORREOS Y MANIPULACIÓN	$ _____
(1$ por 1 libro, 50 centavos por cada libro adicional)	
IMPUESTOS*	$ _____
TOTAL A PAGAR	$ _____

(Cheque o money order—rogamos no enviar dinero en efectiv

Para hacer el pedido, rellene y envíe este impreso con su nombre, direcci y zip code junto con un cheque o money order por el importe total arriba mencionado, a nombre de Harlequin Bianca, 3010 Walden Avenue, P.O. B 9077, Buffalo, NY 14269-9047.

Nombre: _____

Dirección: _____ Ciudad: _____

Estado: _____ Zip Code: _____

Nº de cuenta (si fuera necesario): _____

*Los residentes en Nueva York deben añadir los impuestos locales.

Harlequin Bianca®

CB

Ben Dexter se había convertido en un hombre de negocios poderoso y respetado que ganaba millones de libras, pero el dinero ya no era suficiente.

Durante años, Ben había renunciado a tener una esposa y una familia, convencido de que Caroline Harvey, la única mujer a la que había amado, lo había traicionado. No había vuelto a encontrar la pasión que compartía con Caro... pero ya iba siendo hora de quitársela de la cabeza. Para ello había planeado encontrarla, disfrutar de una sola noche con ella y después continuar con
su vida...

Interferencias

Diana Hamilton

PÍDELO EN TU PUNTO DE VENTA

HARLEQUIN
Deseo

UNA MUJER
EN CASA
Ashley Summers

Cuando Clint Whittfield volvió a su casa de Texas después de dos años de ausencia, no esperaba encontrar una bella pelirroja en su cocina. Después de sufrir una tragedia, Clint solo deseaba un poco de soledad, pero lo que encontró fue a Regina Flynn, una mujer llena de carácter que se había encargado, por propia voluntad, de cuidar la casa de Whittfield. Clint se veía incapaz de dejarla marchar; Regina era la primera mujer que conseguía volver a despertar su alma.

Regina no había previsto el regreso de Whittfield y, mucho menos, la atracción que iba a surgir entre ellos. ¿Podría esperar de él algo más que pasión?

PÍDELO EN TU PUNTO DE VENTA